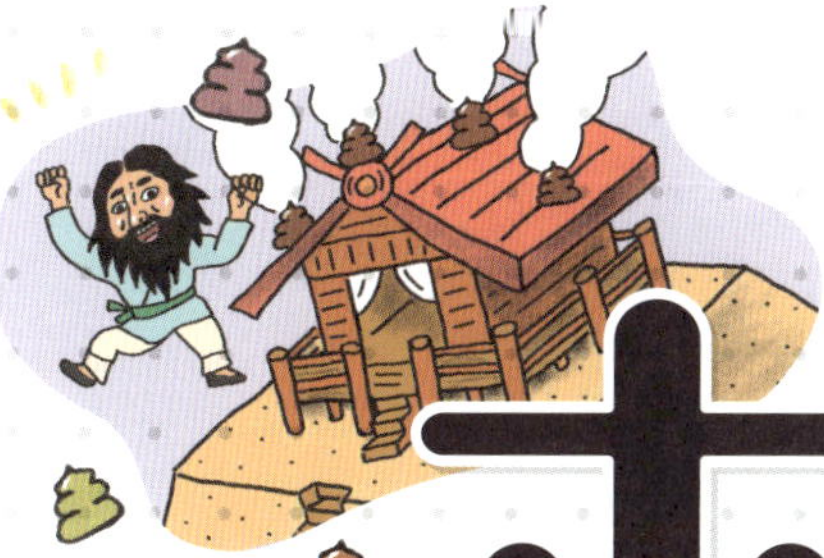

ゆるゆる古事記《こじき》

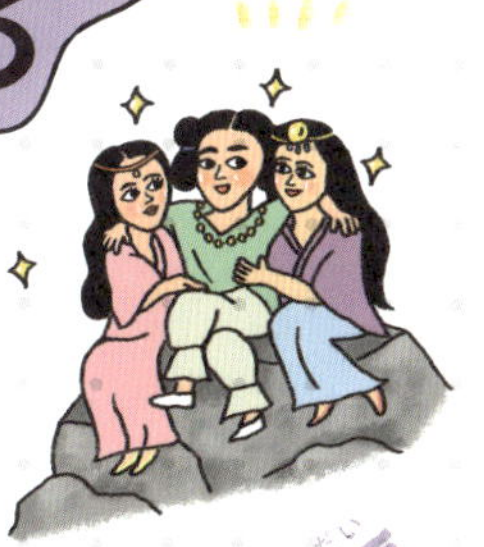

今日《きょう》も神《かみ》さまはやりたい放題《ほうだい》

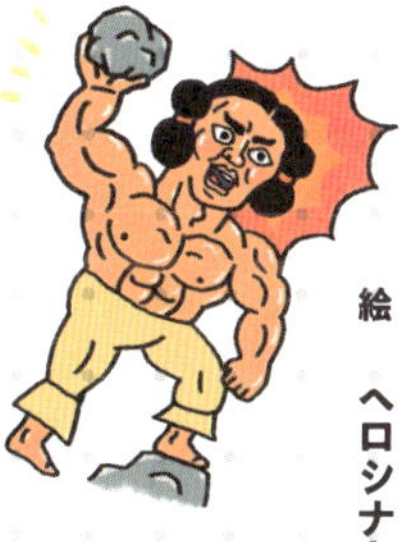

監修　松本直樹
絵　ヘロシナキャメラ

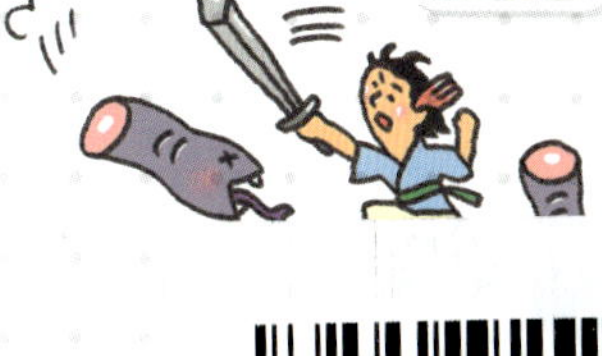

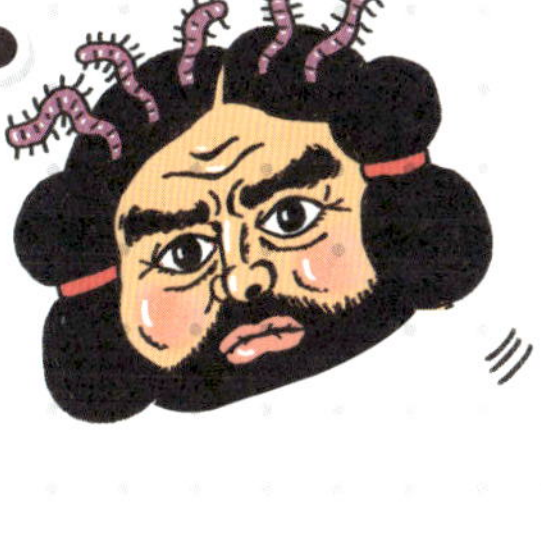

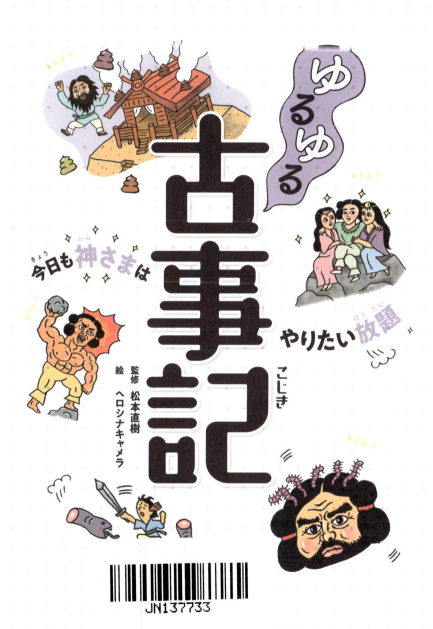

はじめに

日本《にほん》の誕生《たんじょう》を記《しる》した歴史書《れきししょ》、それが『古事記《こじき》』。
神《かみ》さまや天皇《てんのう》がたくさん登場《とうじょう》します。

「歴史書《れきししょ》」と聞《き》くと難《むずか》しそうに感《かん》じますが、実際《じっさい》に読《よ》んでみると、
お話《はなし》に登場《とうじょう》する神《かみ》さまたちが、親《した》しみやすく描《えが》かれていることに気《き》づきます。

ヤマタノオロチを退治《たいじ》した英雄《えいゆう》であるスサノオという名前《なまえ》の神《かみ》さまも、
お母《かあ》さんが恋《こい》しくて泣《な》いたり、イタズラをして怒《おこ》られたりしています。
みなさんにも、同《おな》じように泣《な》いたり怒《おこ》られたりした経験《けいけん》がありませんか？

そう考《かんが》えると、1300年《ねん》くらい昔《むかし》にできたお話《はなし》なのに、
「昔《むかし》の人《ひと》も、今《いま》と同《おな》じようなことを考《かんが》えて暮《く》らしていたのかな」と、
ずいぶん身近《みぢか》に感《かん》じますよね。

その反面《はんめん》、現代《げんだい》の感覚《かんかく》とはかなりちがう神《かみ》さまたちの行動《こうどう》やふるまいに、
驚《おどろ》く場面《ばめん》もあるでしょう。

ちょっと残酷《ざんこく》で、かなり無茶苦茶《むちゃくちゃ》で、ツッコミどころが多《おお》い神《かみ》さまたち。

それでも憎《にく》めない、個性的《こせいてき》な登場人物《とうじょうじんぶつ》たちを見《み》ていきましょう。

古事記《こじき》 もくじ

相関図《そうかんず》

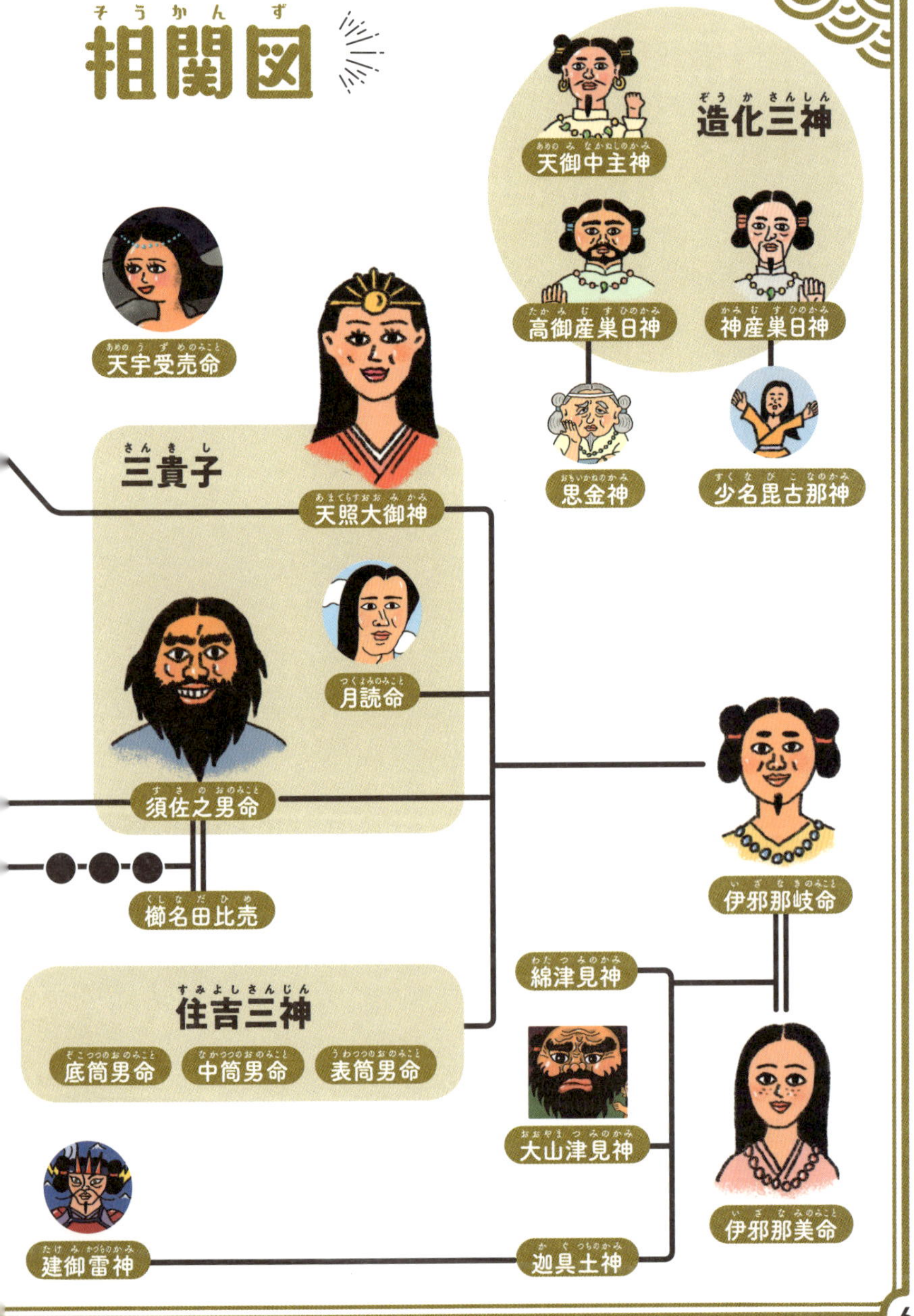

造化三神《ぞうかさんしん》
天御中主神《あめのみなかぬしのかみ》
高御産巣日神《たかみむすひのかみ》
神産巣日神《かみむすひのかみ》
思金神《おもいかねのかみ》
少名毘古那神《すくなびこなのかみ》
天宇受売命《あめのうずめのみこと》
三貴子《さんきし》
天照大御神《あまてらすおおみかみ》
月読命《つくよみのみこと》
須佐之男命《すさのおのみこと》
櫛名田比売《くしなだひめ》
伊邪那岐命《いざなきのみこと》
綿津見神《わたつみのかみ》
住吉三神《すみよしさんじん》
底筒男命《そこつつのおのみこと》
中筒男命《なかつつのおのみこと》
表筒男命《うわつつのおのみこと》
大山津見神《おおやまつみのかみ》
伊邪那美命《いざなみのみこと》
建御雷神《たけみかづちのかみ》
迦具土神《かぐつちのかみ》

神《かみ》さまの

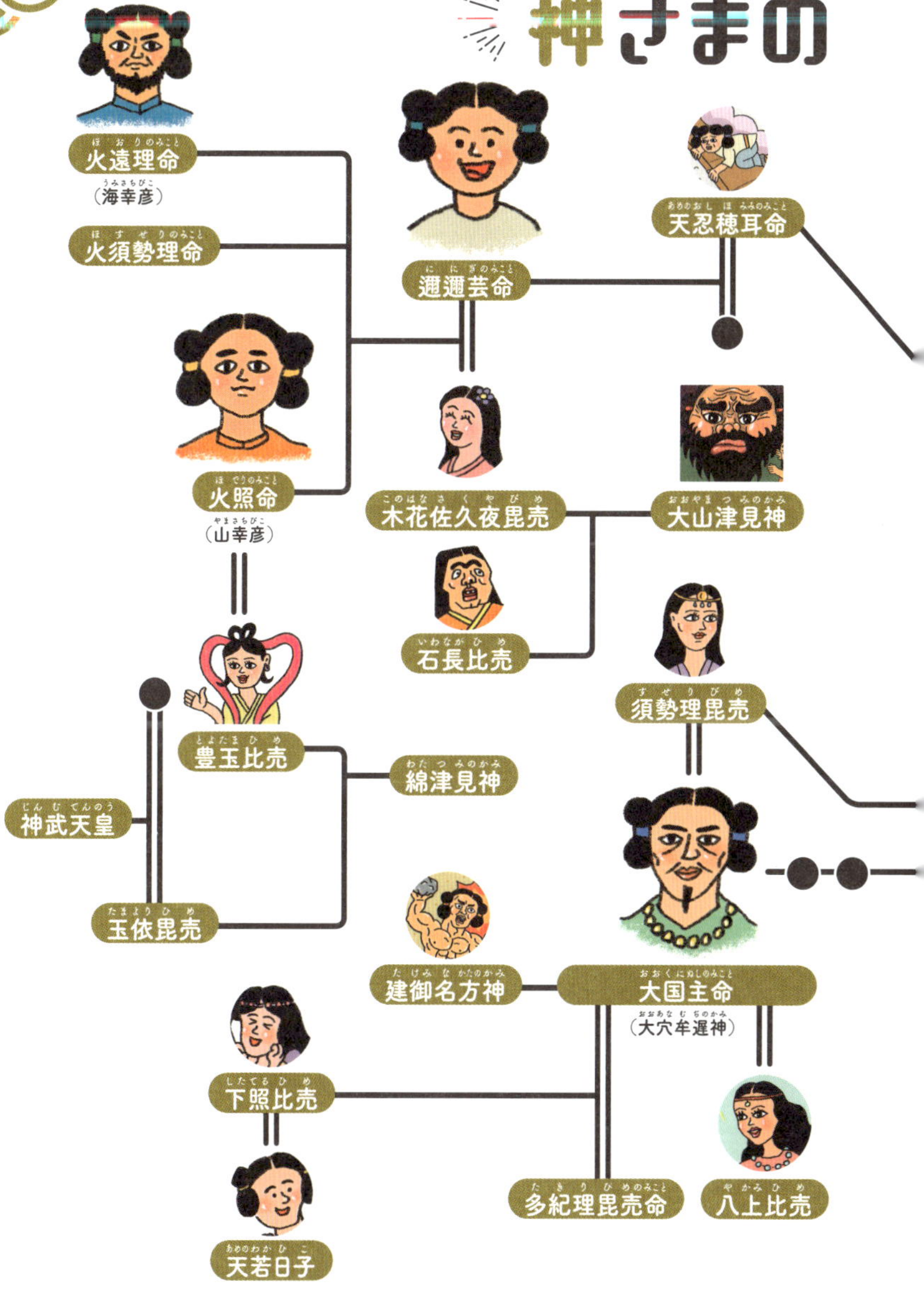

火遠理命《ほおりのみこと》
（海幸彦《うみさちびこ》）
火須勢理命《ほすせりのみこと》
邇邇芸命《ににぎのみこと》
天忍穂耳命《あめのおしほみみのみこと》
火照命《ほでりのみこと》
（山幸彦《やまさちびこ》）
木花佐久夜毘売《このはなさくやびめ》
大山津見神《おおやまつみのかみ》
石長比売《いわながひめ》
須勢理毘売《すせりびめ》
豊玉比売《とよたまひめ》
綿津見神《わたつみのかみ》
神武天皇《じんむてんのう》
玉依毘売《たまよりひめ》
建御名方神《たけみなかたのかみ》
大国主命《おおくにぬしのみこと》
（大穴牟遅神《おおあなむちのかみ》）
下照比売《したてるひめ》
天若日子《あめのわかひこ》
多紀理毘売命《たきりひめのみこと》
八上比売《やかみひめ》

相関図《そうかんず》

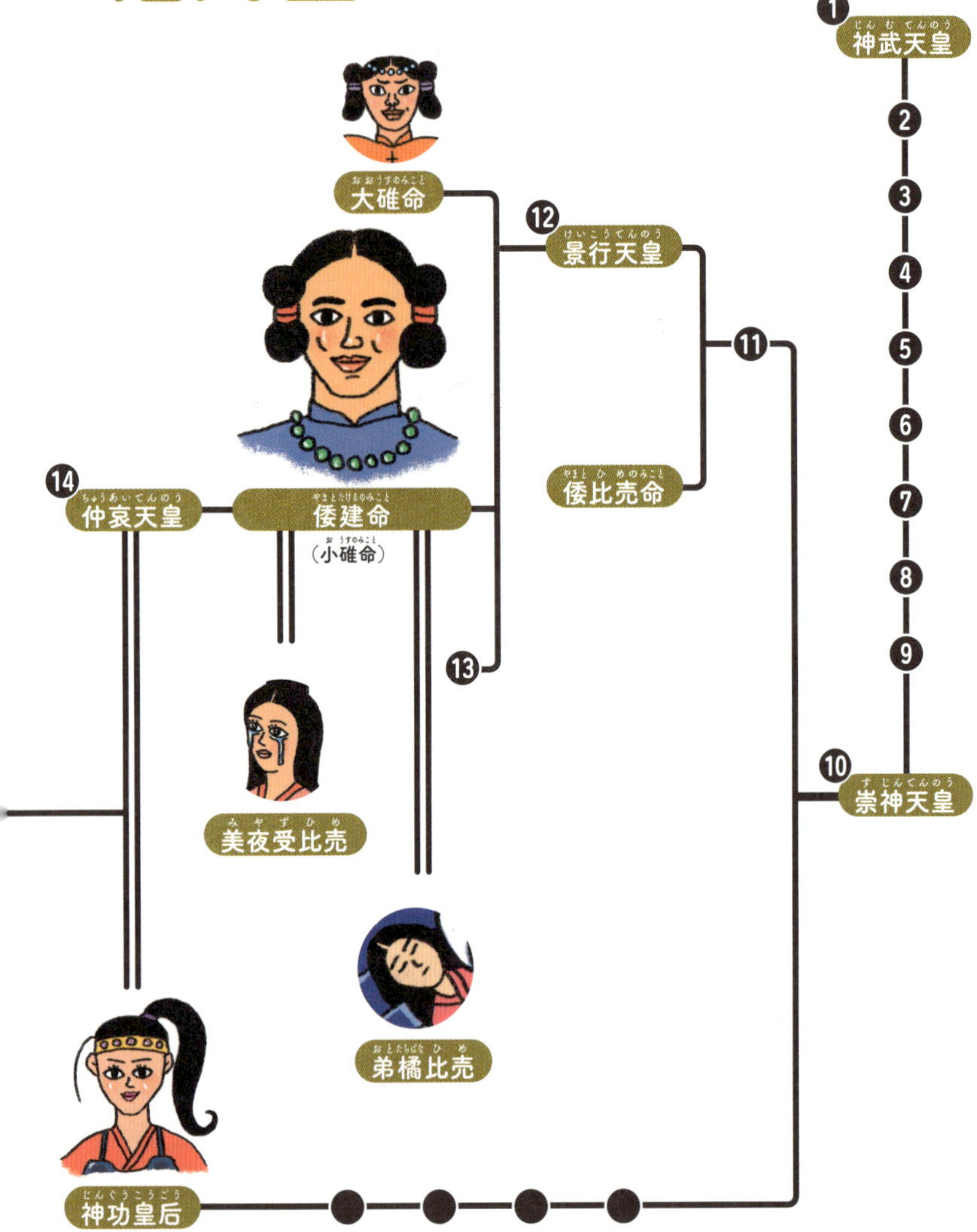

※名前《なまえ》に振《ふ》ってある番号《ばんごう》は、天皇《てんのう》に即位《そくい》した順番《じゅんばん》です。

天皇《てんのう》の

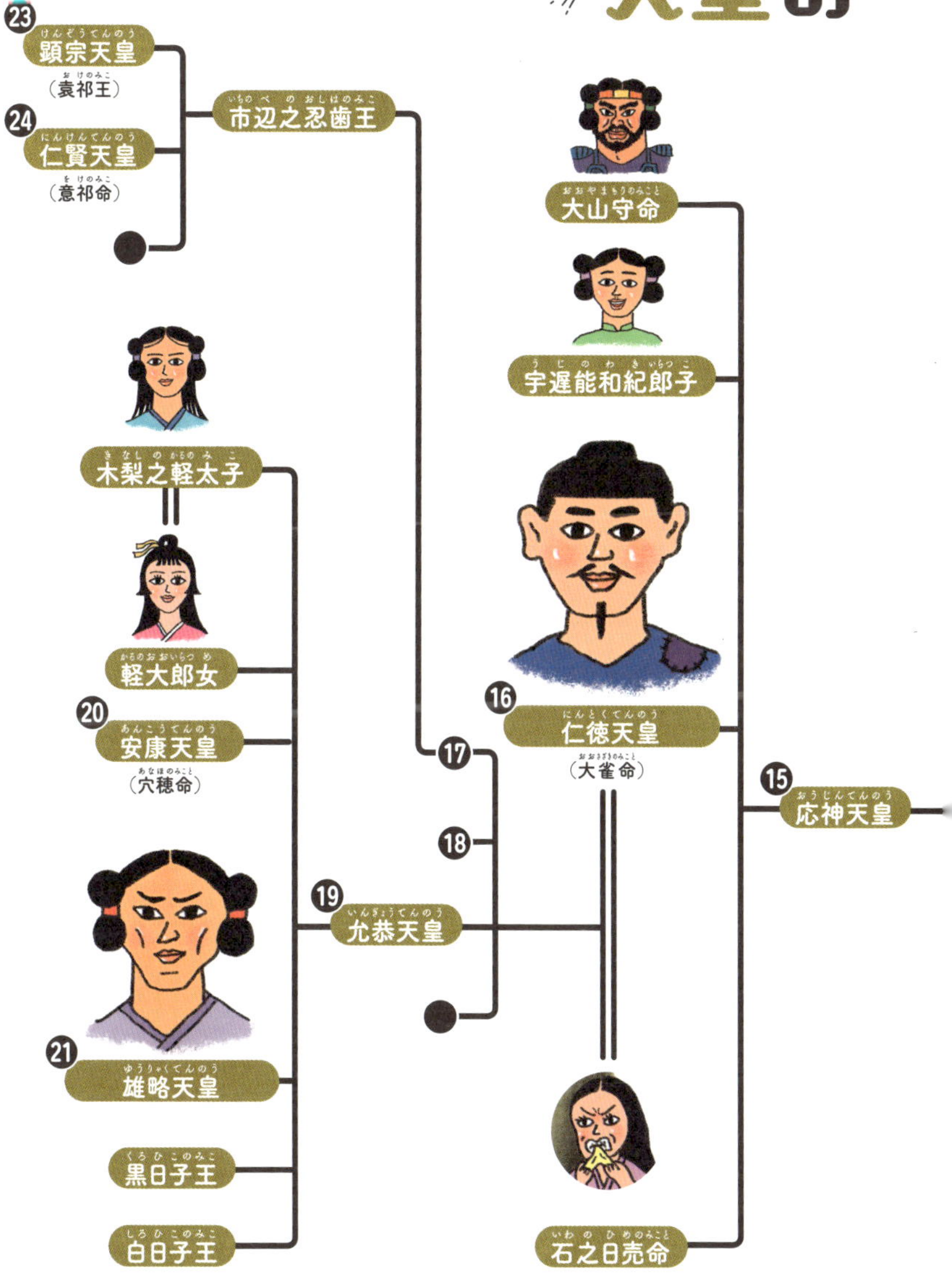

23
顕宗天皇《けんぞうてんのう》
（袁祁王《おけのみこ》）
24
仁賢天皇《にんけんてんのう》
（意祁命《をけのみこ》）
市辺之忍歯王《いちのべのおしはのみこ》
大山守命《おおやまもりのみこと》
宇遅能和紀郎子《うじのわきいらつこ》
木梨之軽太子《きなしのかるのみこ》
軽大郎女《かるのおおいらつめ》
20
安康天皇《あんこうてんのう》
（穴穂命《あなほのみこと》）
16
仁徳天皇《にんとくてんのう》
（大雀命《おおさざきのみこと》）
17
18
15
応神天皇《おうじんてんのう》
19
允恭天皇《いんぎょうてんのう》
21
雄略天皇《ゆうりゃくてんのう》
黒日子王《くろひこのみこ》
白日子王《しろひこのみこ》
石之日売命《いわのひめのみこと》

上巻《かみつまき》あらすじ

この世《よ》の始《はじ》まりから神々《かみがみ》の時代《じだい》のお話《はな》し

『古事記《こじき》』は、奈良時代《ならじだい》の初《はじ》め(712年《ねん》)に成立《せいりつ》した、私《わたし》たちの国《くに》の成《な》り立《た》ちを大和王権《やまとおうけん》(天皇家《てんのうけ》)の側《がわ》から説《と》いた最古《さいこ》の歴史書《れきししょ》です。上《じょう》・中《ちゅう》・下《げ》の三巻《さんかん》から成《な》り、上巻《かみつまき》は、天地《てんち》の創成《そうせい》から始《はじ》まり、神々《かみがみ》の活躍《かつやく》が描《えが》かれます。

まず、造化三神《ぞうかさんしん》という位《くらい》の高《たか》い神《かみ》さまトリオが現《あらわ》れたのをきっかけに、次々《つぎつぎ》と神《かみ》さまが誕生《たんじょう》。イザナキとイザナミという夫婦《ふうふ》の神《かみ》さまが、日本《にほん》の国土《こくど》を創《つく》ります。

黄泉《よみ》の国《くに》でゾンビになったイザナミと決別《けつべつ》したイザナキは、その体《からだ》から、太陽神《たいようしん》のアマテラス、月《つき》の神《かみ》さまのツクヨミ、嵐《あらし》の神《かみ》さまのスサノオの三兄弟《さんきょうだい》を生《う》みます。高貴《こうき》なアマテラスと暴《あば》れん坊《ぼう》のスサノオの姉弟《してい》エピソードは、読《よ》みどころの一つ。

スサノオの子孫《しそん》であるオオクニヌシも、物語《ものがたり》を盛《も》り上《あ》げる中心人物《ちゅうしんじんぶつ》で、スサノオから地上《ちじょう》の国《くに》を平定《へいてい》する使命《しめい》を受《う》けた神《かみ》さま。途中《とちゅう》に出《で》てくる「因幡《いなば》の白《しろ》ウサギ」のお話《はなし》は、昔話《むかしばなし》としても有名《ゆうめい》です。

オオクニヌシに代《か》わって地上《ちじょう》の国《くに》を治《おさ》めたのが、アマテラスの孫《まご》にあたるニニギです。ニニギは美《うつく》しい女神《めがみ》と結婚《けっこん》して、山幸彦《やまさちびこ》などの子《こ》を生《う》みます。山幸彦《やまさちびこ》は、初代天皇《しょだいてんのう》である神武天皇《じんむてんのう》のおじいさんに当《あ》たる神《かみ》さまです。

このように上巻《かみつまき》では〝神《かみ》から天皇《てんのう》につながる系譜《けいふ》〟が描《えが》かれるのです。

すぐわかる！

古事記《こじき》上巻《かみつまき》

01 序文《じょぶん》

02 神々《かみがみ》の出現《しゅつげん》

03 オノゴロ島《しま》誕生《たんじょう》

04 イザナキとイザナミの結婚《けっこん》

05 イザナミの死《し》

06 黄泉《よみ》の国訪問《くにほうもん》

07 三貴子誕生《さんきしたんじょう》

08 アマテラスとスサノオのウケイ

09 天《あま》の岩屋隠《いわやかく》れ

10 ヤマタノオロチ退治《たいじ》

11 因幡《いなば》の白《しろ》ウサギ

12 スサノオの試練《しれん》

13 国造《くにづく》りをすすめるオオクニヌシ

14 オオクニヌシの国譲《くにゆず》り

15 天孫降臨《てんそんこうりん》

16 コノハナサクヤヒメとの結婚《けっこん》

17 海幸彦《うみさちびこ》と山幸彦《やまさちびこ》

中巻《なかつまき》あらすじ

初代《しょだい》・神武天皇《じんむてんのう》から15代《だい》・応神天皇《おうじんてんのう》まで

中巻《なかつまき》では、初代《しょだい》の神武天皇《じんむてんのう》から15代《だい》の応神天皇《おうじんてんのう》の時代《じだい》に起《お》きた、さまざまなできごとが語《かた》られます。ただし、神武天皇《じんむてんのう》や応神天皇《おうじんてんのう》、12代《だい》の景行天皇《けいこうてんのう》のように、たくさんの活躍《かつやく》が伝《つた》えられる天皇《てんのう》もいれば、名前《なまえ》や系譜《けいふ》や皇居《こうきょ》の場所《ばしょ》などが、ほんの数行記《すうぎょうしる》されただけ天皇《てんのう》もいます。

山幸彦《やまさちびこ》の子《こ》である神武天皇《じんむてんのう》は、高千穂宮《たかちほのみや》にいて、天下《てんか》を治《おさ》めるために東征《とうせい》を行《おこな》います。神武天皇《じんむてんのう》は、東《ひがし》へと勢力《せいりょく》を伸《の》ばし、間《ま》もなく大和《やまと》（今《いま》の奈良県《ならけん》）を平定《へいてい》。そして、今《いま》の奈良県《ならけん》橿原市《かしはらし》に宮殿《きゅうでん》（白橿原宮《しろかしはらみや》）を建《た》てて、即位《そくい》します。

10代《だい》の崇神天皇《すじんてんのう》の時代《じだい》には、疫病《えきびょう》が流行《りゅうこう》し、多《おお》くの人々《ひとびと》が命《いのち》を落《お》としました。そこで、崇神天皇《すじんてんのう》は、夢《ゆめ》に現《あらわ》れたオオモノヌシという神《かみ》さまを三輪山《みわやま》（奈良県桜井市《ならけんさくらいし》にある山《やま》）にまつり、疫病《えきびょう》をしずめました。

12代《だい》の景行天皇《けいこうてんのう》の時代《じだい》には、九州《きゅうしゅう》で反乱《はんらん》が起《お》こります。景行天皇《けいこうてんのう》は息子《むすこ》のヤマトタケルに九州平定《きゅうしゅうへいてい》を命《めい》じます。ヤマトタケルは大活躍《だいかつやく》をしますが、あまりに力《ちから》が強《つよ》すぎて景行天皇《けいこうてんのう》に疎《うと》まれてしまい、最後《さいご》には病死《びょうし》するという、ちょっとかわいそうな勇者《ゆうしゃ》です。

15代《だい》の応神天皇《おうじんてんのう》は１３０歳《さい》まで長《なが》生《い》きしました。３人《にん》の皇子《おうじ》がいましたが、兄弟間《きょうだいかん》で権力争《けんりょくあらそ》いが起《お》き、最終的《さいしゅうてき》に生《い》き残《のこ》ったオオサザキが天皇《てんのう》の座《ざ》を継《つ》ぎます。

すぐわかる！

古事記《こじき》中巻《なかつまき》

01 カムヤマトイワレビコの東征《とうせい》

02 八咫烏《やたがらす》の導《みちび》き

03 神武天皇《じんむてんのう》の誕生《たんじょう》

04 第《だい》2～11代《だい》天皇《てんのう》

05 第《だい》12代《だい》景行天皇《けいこうてんのう》

06 オウスの西征《せいせい》

07 ヤマトタケルの東征《とうせい》

08 ヤマトタケルの死《し》

09 第《だい》14代《だい》仲哀天皇《ちゅうあいてんのう》

10 神功皇后《じんぐうこうごう》の新羅遠征《しらぎえんせい》

11 ホンダワケの禊《みそぎ》

12 第《だい》15代《だい》応神天皇《おうじんてんのう》

13 3人《にん》の皇子《おうじ》跡継《あとつ》ぎ争《あらそ》い

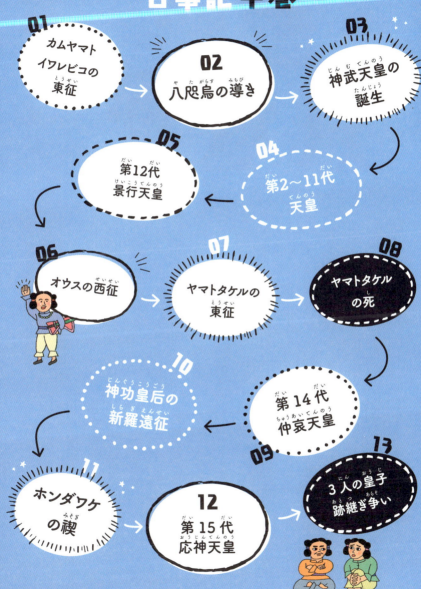

下巻《しもつまき》あらすじ

16代《だい》・仁徳天皇《にんとくてんのう》から33代《だい》・推古天皇《すいこてんのう》までのお話《はな》し

下巻《しもつまき》は、兄弟対決《きょうだいたいけつ》に勝《か》ち残《のこ》って天皇《てんのう》となった16代《だい》の仁徳天皇《にんとくてんのう》から始《はじ》まります。

仁徳天皇《にんとくてんのう》は「聖帝《せいてい》」と呼《よ》ばれるほど優《すぐ》れた一面《いちめん》と、大《だい》の女好《おんなず》きという一面《いちめん》がありました。政治《せいじ》の面《めん》では、民衆《みんしゅう》の貧《まず》しい暮《く》らしを憐《あわ》れんで、税金《ぜいきん》を3年間免除《ねんかんめんじょ》し、その分《ぶん》、自分《じぶん》もぜいたくを止《や》めて民衆《みんしゅう》に寄《よ》り添《そ》いました。一方《いっぽう》で、美女《びじょ》に目《め》がなく、「どこそこにカワイイ女《おんな》がいる」と聞《き》くと、自分《じぶん》の近《ちか》くに呼《よ》んで妻《つま》にします。もともと王《おう》として必要《ひつよう》なことだったのですが、嫉妬《しっと》深《ぶか》い皇后《こうごう》にしかられて、ひたすら謝《あやま》る場面《ばめん》も。

19代《だい》の允恭天皇《いんぎょうてんのう》は、息子《むすこ》のカルノミコと娘《むすめ》のカルノオオイラツメが本気《ほんき》の恋《こい》をするというスキャンダルで、世《せ》間《けん》を騒《さわ》がせます。ふたりは、「あの世《よ》で結《むす》ばれようね」と約束《やくそく》して心中《しんじゅう》してしまいます。

20代《だい》の安康天皇《あんこうてんのう》は、血《ち》の繋《つな》がらない7才《さい》の息子《むすこ》マヨワによって殺害《さつがい》。マヨワは次《つぎ》の天皇《てんのう》となるオオハツセに殺《ころ》されてしまいます。

このオオハツセは、自分《じぶん》の気《き》に食《く》わない者《もの》や邪魔《じゃま》になりそうな者《もの》を殺《ころ》してしまう暴君《ぼうくん》でした。即位《そくい》して21代《だい》の雄略天皇《ゆうりゃくてんのう》となってからは、各地《かくち》をめぐって恋《こい》の歌《うた》を残《のこ》すなどロマンチストの一面《いちめん》も。雄略天皇《ゆうりゃくてんのう》から逃《に》げ延《の》びたふたりの皇子《みこ》によって、天皇《てんのう》の系譜《けいふ》は続《つづ》いていくことになります。

すぐわかる!

古事記《こじき》下巻《しもつまき》

01
第《だい》16代《だい》
仁徳天皇《にんとくてんのう》

02
第《だい》17～18代《だい》
天皇《てんのう》

03
カルノミコの
禁断《きんだん》の恋《こい》

04
マヨワの変《へん》

05
イチノヘノオシハ
ノミコの子《こ》の逃亡《とうぼう》

06
第《だい》21代雄略天皇《だいゆうりゃくてんのう》

07
第《だい》22代《だい》
清寧天皇《せいねいてんのう》

08
第《だい》23～24代《だい》
天皇《てんのう》

09
第《だい》25～33代《だい》
天皇《てんのう》

本書《ほんしょ》の読《よ》み方《かた》

この本《ほん》をもっと楽《たの》しむための読《よ》み方《かた》を紹介《しょうかい》します。

1
2
3
4
01
日本の国の形を造った
イザナキとイザナミ
登場する神さま
天之御中主神
高御産巣日神
神産巣日神
伊邪那岐命
伊邪那美命
世界の初めに現れた
超エライ神さまたち
世界にだれもいなかったころ、天上の国・高天原に神々が現れました。最初に現れたのは、天之御中主神。天の中心にいて、すべてを見守り支配する神さまです。次に現れたのは、高御産巣日神。天の高いところにいて、神聖な生命を生み出す力を持っています。その次が、神産巣日神。生命の誕生や復活をつかさどる神さまです。この三柱の神さまを合わせて、「造化三神」と呼びます。〝天地万物を創造した神々〟という意味です。
さて、とってもエライこの神さまたち。私たち人間の前に姿を現すことはなく、永遠に高天原から出てくることはありません。
そんなにエライ神さまなのに、地上で会うことができないなんて、少しさびしいですよね。でも、夢の中では会えるかも……。
イザナキ・イザナミ夫婦が
島を造って地上界へ
造化三神が現れたとき、大地はまだやわらかく、クラゲのように頼りなく海を漂っていました。そのとき、二柱の神さまが生まれましたが、いつの間にか姿を消してしまいます。以上の五柱の神さまは「別天つ神」といって、格別にエライ天の神さまです。
高天原…天上の神さまがいる世界。
三柱…神さまは「一人、二人」ではなく、「一柱、二柱、三柱」と数える。
第1章 イザナキとイザナミの国生み、神生み
18
19

❶ このお話《はなし》のタイトル

お話《はなし》ごとにタイトルがついています。もくじで探《さが》したお話《はなし》のタイトルは、ここで確認《かくにん》できます。

❷ 登場人物《とうじょうじんぶつ》の名前《なまえ》

そのお話《はなし》に登場《とうじょう》する主《おも》な神《かみ》さまや天皇《てんのう》たちの名前《なまえ》です。ここを見《み》ると、お話《はなし》に誰《だれ》が登場《とうじょう》しているかがわかります。

❸ 用語解説《ようごかいせつ》

お話《はなし》の途中《とちゅう》で出《で》てきた用語《ようご》を解説《かいせつ》しています。

❹ 章《しょう》のタイトル

章《しょう》のタイトルです。今何章《いまなんしょう》を読《よ》んでいるのかがわかります。

第《だい》1章《しょう》

イザナキとイザナミの 国《くに》生《う》み、神《かみ》生《う》み

01 日本《にほん》の国《くに》の形《かたち》を造《つく》った イザナキとイザナミ

世界《せかい》の初《はじ》めに現《あらわ》れた 超《ちょう》エライ神《かみ》さまたち

世界《せかい》に誰《だれ》もいなかったころ、天上《てんじょう》の国《くに》・**高天原**《たかまのはら》に神々《かみがみ》が現《あらわ》れました。最初《さいしょ》に現《あらわ》れたのは、天之御中主神《あめのみなかぬしのかみ》。天《てん》の中心《ちゅうしん》にいて、すべてを見守《みまも》り支配《しはい》する神《かみ》さまです。次《つぎ》に現《あらわ》れたのは、高御産巣日神《たかみむすひのかみ》。天《てん》の高《たか》いところにいて、神聖《しんせい》な生命《せいめい》を生《う》み出《だ》す力《ちから》を持《も》っています。その次《つぎ》が、神産巣日神《かみむすひのかみ》。生命《せいめい》の誕生《たんじょう》や復活《ふっかつ》をつかさどる神《かみ》さまです。この**三柱**《みはしら》の神《かみ》さまを合《あ》わせて、「造化三神《ぞうかさんしん》」と呼《よ》びます。〝天地万物《てんちばんぶつ》を創造《そうぞう》した神々《かみがみ》〟という意味《いみ》です。

さて、とってもエライこの神《かみ》さまたち。私《わたし》たち人間《にんげん》の前《まえ》に姿《すがた》を現《あらわ》すことはなく、永遠《えいえん》に高《たか》

高天原《たかまのはら》…天上《てんじょう》の神《かみ》さまがいる世界《せかい》。

登場《とうじょう》する神《かみ》さま

- 天之御中主神《あめのみなかぬしのかみ》
- 高御産巣日神《たかみむすひのかみ》
- 神産巣日神《かみむすひのかみ》
- 伊邪那岐命《いざなきのみこと》
- 伊邪那美命《いざなみのみこと》

天原《まのはら》から出《で》てくることはありません。

そんなにエライ神《かみ》さまなのに、地上《ちじょう》で会《あ》うことができないなんて、少《すこ》しさびしいですよね。でも、夢《ゆめ》の中《なか》では会《あ》えるかも……。

イザナキ・イザナミ夫婦《ふうふ》が島《しま》を造《つく》って地上界《ちじょうかい》へ

造化三神《ぞうかさんしん》が現《あらわ》れたとき、大地《だいち》はまだやわらかく、クラゲのように頼《たよ》りなく海《うみ》を漂《ただよ》っていました。そのとき、二柱《ふたはしら》の神《かみ》さまが生《う》まれましたが、いつの間《ま》にか姿《すがた》を消《け》してしまいます。以上《いじょう》の五《いつ》柱《はしら》の神《かみ》さまは「別天《ことあま》つ神《かみ》」といって、格別《かくべつ》にエライ天《てん》の神《かみ》さまです。

三柱《みはしら》…神《かみ》さまは「一人《ひとり》、二人《ふたり》」ではなく、「一柱《ひとはしら》、二柱《ふたはしら》、三柱《みはしら》」と数《かぞ》える。

さらにその後《ご》、「神世七代《かみよななよ》」と呼《よ》ばれる神々《かみがみ》が現《あらわ》れました。この神々《かみがみ》は、人間《にんげん》の住《す》む地上界《ちじょうかい》を豊《ゆた》かに守《まも》ってくれる神《かみ》さまたちで、男女《だんじょ》の性《せい》をもつ五組《ごくみ》のカップルも誕生《たんじょう》。そのうちの一組《ひとくみ》が、伊邪《いざ》那岐命《なきのみこと》と伊邪那美命《いざなみのみこと》です。イザナキは男《おとこ》の神《かみ》さま、イザナミは女《おんな》の神《かみ》さまです。

あるとき「別《こと》天《あま》つ神《かみ》」が集《あつ》まって会議《かいぎ》を開《ひら》きました。

「あのふにゃふにゃの大地《だいち》、どうする?」

「このままにはしておけないよね」

「誰《だれ》かに行《い》かせればいいんじゃない?」

「誰《だれ》にする?」

話《はな》し合《あ》いの結果《けっか》、イザナキとイザナミが選《えら》ばれ、命令《めいれい》が下《くだ》されました。

「大地《だいち》をしっかり固《かた》めて、国《くに》の形《かたち》を整《ととの》えてきなさい」

天《あめ》の浮《う》き橋《はし》…浮き《うき》橋《はし》は、川《かわ》の上《うえ》に浮《う》かぶ舟《ふね》の上《うえ》に板《いた》を渡《わた》して橋《はし》としたもの。天《てん》と地《ち》の間《あいだ》にかかった、ゆらゆらと揺《ゆ》れる橋《はし》をイメージするとよい。

国《くに》の形《かたち》を整《ととの》えるという大役《たいやく》を任《まか》されたイザナキとイザナミは、高天原《たかまのはら》を出発《しゅっぱつ》し、天《てん》と地《ち》をつなぐ**天《あめ》の浮《う》き橋《はし》**の上《うえ》に立《た》ちます。そして、とろとろと漂《ただよ》う海原《うなばら》に、「えいっ!」と**天《あま》の沼矛《ぬぼこ》**を下《お》ろし、グルグルとかき混《ま》ぜました。かき混《ま》ぜられた海《うみ》は、音《おと》をたてています。そしてイザナキが「えいやっ!」と矛《ほこ》を引《ひ》き抜《ぬ》くと、先端《せんたん》からポタポタと海水《かいすい》が……。すると、なんと!! そのまま島《しま》の形《かたち》になったのです。

こうしてできたのが「オノゴロ島《しま》」です。

「ちょうどいい島《しま》ができたね」

島《しま》ができあがっていくのを天《あめ》の浮《う》き橋《はし》から見《み》守《まも》っていたイザナキとイザナミは、喜《よろこ》びあって、地上《ちじょう》へ降《お》りて行《い》きました。そして、高天原《たかまのはら》に通《つう》じる天《あま》の御柱《みはしら》を建《た》てて、さらに、大《おお》きな神殿《しんでん》を建《た》てたのです。

天《あま》の沼矛《ぬぼこ》…神《かみ》の力《ちから》を宿《やど》した矛《ほこ》。矛《ほこ》は、長《なが》い柄《え》の先《さき》にとがった両刃《もろば》の剣《けん》がついた武器《ぶき》で、儀式《ぎしき》に使《つか》うこともある。

02 日本初《にほんはつ》の逆《ぎゃく》プロポーズ！

ちょっと残念《ざんねん》なイザナキ

登場《とうじょう》する神《かみ》さま
伊邪那岐命《いざなきのみこと》
伊邪那美命《いざなみのみこと》

ふたりは互《たが》いの体《からだ》に興味津々《きょうみしんしん》

ある日《ひ》、イザナキがイザナミに尋《たず》ねました。

「君《きみ》の体《からだ》はどんなふうになっているの？」

イザナミは、こう答《こた》えました。

「私《わたし》の体《からだ》はほとんどできあがっているみたい。でも、一ヶ所《いっかしょ》だけ穴《あな》のようになって、未完成《みかんせい》のところがあるのよ」

すると、イザナキはフムフムとうなずきます。

「ぼくの体《からだ》は君《きみ》とは反対《はんたい》で、一ヶ所《いっかしょ》だけ余分《よぶん》に見《み》えるところがあるんだ」

　そして、さらにこう提案《ていあん》しました。

「そうだ！　ぼくの余分《よぶん》なところで、君《きみ》の足《た》りない部分《ぶぶん》をふさぐとちょうどいいんじゃないかな？　そして**国土《こくど》を生《う》み出《だ》そう！**」

　ふたりは天《あま》の御柱《みはしら》のもとに立《た》つと、イザナキはこう言《い》いました。

「君《きみ》はこの柱《はしら》を右《みぎ》から回《まわ》っておいで。ぼくは左《ひだり》から回《まわ》って、君《きみ》を探《さが》そう」

　柱《はしら》を半分《はんぶん》ずつ回《まわ》って顔《かお》を合《あ》わせたとき、まず声《こえ》を出《だ》したのはイザナミです。

「まあ、本当《ほんとう》になんてステキな男性《だんせい》なのかしら」

　イザナキもそれに応《おう》じます。

「なんとステキな女性《じょせい》だろう」

　ところが、ふと考《かんが》え込《こ》んで、ぶつぶつと独《ひと》りごとを言《い》いました。

「女《おんな》の人《ひと》が先《さき》に声《こえ》をかけたというのは、ルール違《い》

国土《こくど》を生《う》み出《だ》そう…イザナキとイザナミのあいだに生《う》まれた島《しま》が、日本《にほん》の国土《こくど》になる。

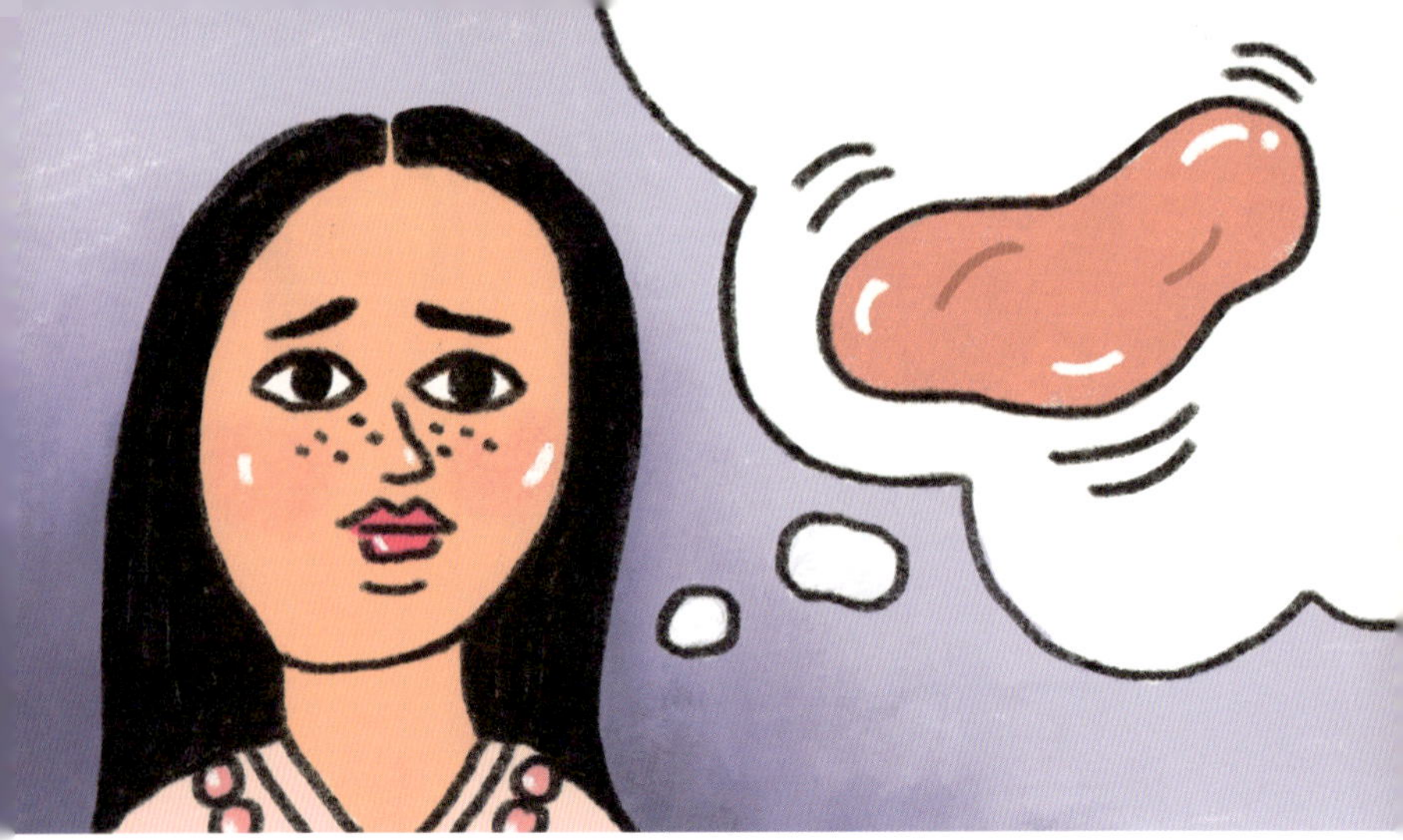

反《はん》だな」
でも、すぐに気《き》を取《と》り直《なお》します。
「済《す》んだことだし、ま、いっか！」
イザナキは、イザナミの手《て》を取《と》って、神殿《しんでん》の奥《おく》へと入《はい》っていきました。

二度《にど》の子《こ》づくりに失敗《しっぱい》その原因《げんいん》は……!?

イザナキとイザナミから生《う》まれた最初《さいしょ》の子《こ》どもは、骨《ほね》のないヒルのような形《かたち》をしていました。二柱《ふたはしら》の神《かみ》さまは、その子《こ》を**葦**《あし》でつくった舟《ふね》に乗《の》せ、海《うみ》へ流《なが》して捨《す》ててしまいます。ちなみに、その子《こ》は流《なが》された場所《ばしょ》で育《そだ》てられ、商売繁盛《しょうばいはんじょう》をつかさどる恵比寿神《えびすしん》になったとも言《い》われています。

二度目《にどめ》に生《う》んだ子《こ》どもも、形《かたち》があいまいな淡島《あわしま》

葦《あし》…川《かわ》や湖沼《こしょう》などの水辺《みずべ》に群生《ぐんせい》する背《せ》の高《たか》い草《くさ》。イネ科《か》ヨシ属《ぞく》の多年草《たねんそう》。

という島《しま》でした。この島《しま》も正式《せいしき》な子《こ》どもとしては認《みと》められていません。失敗《しっぱい》です。

「どうしたら、ちゃんとした子《こ》どもが生《う》まれるんだろう」

イザナキとイザナミは、顔《かお》を見合《みあ》わせて悩《なや》み、高天原《たかまのはら》の神々《かみがみ》に相談《そうだん》に行《い》きました。

「私《わたし》たちの何《なに》がいけなかったのでしょうか?」

エライ神々《かみがみ》を前《まえ》にして、アドバイスを求《もと》めるイザナキとイザナミ。すると、高天原《たかまのはら》の神々《かみがみ》が占《うらな》いを始《はじ》めました。その結果《けっか》は……

「女性《じょせい》のリードで子《こ》づくりしたのが良《よ》くない!」

つまり、男性《だんせい》のイザナキからプロポーズしなかったのが、そもそもの原因《げんいん》だったのです。

オノゴロ島《しま》に戻《もど》った二柱《ふたはしら》の神《かみ》さまは、ふたたび天《あま》の御柱《みはしら》のもとに行《い》き、イザナキから声《こえ》をかける順番《じゅんばん》で子《こ》づくりをやり直《なお》したのです。

03

剣《けん》の神《かみ》や山《やま》の神《かみ》に生《う》まれ変《か》わった火《ひ》の神《かみ》

登場《とうじょう》する神《かみ》さま

伊邪那岐命《いざなきのみこと》
伊邪那美命《いざなみのみこと》
大事忍男神《おおことおしおのかみ》
迦具土神《かぐつちのかみ》

日本《にほん》の島々《しまじま》を生《う》んだ子《こ》だくさんのイザナミ

男《おとこ》のイザナキから声《こえ》をかけ、女《おんな》のイザナミがそれを受《う》ける順番《じゅんばん》で子《こ》づくりをしたところ、立派《りっぱ》な国々《くにぐに》が次々《つぎつぎ》と生《う》まれました。

最初《さいしょ》に生《う》まれたのは、淡路島《あわじしま》。次《つぎ》に、四国《しこく》が生《う》まれ、その後《ご》も隠岐《おき》の島《しま》、九州《きゅうしゅう》、壱岐《いき》の島《しま》、対馬《つしま》、佐渡島《さどがしま》と続《つづ》いて、8番目《ばんめ》に生《う》まれたのが「大倭豊秋津島《おおやまととよあきづしま》」と呼《よ》ばれる本州《ほんしゅう》です。古《ふる》い日本《にほん》の国《くに》の名《な》を「大八島国《おおやしまぐに》」というのは、これが由来《ゆらい》です。

イザナミはさらに吉備《きび》の小島《こじま》、小豆島《しょうどしま》、大島《おおしま》、姫島《ひめしま》、五島列島《ごとうれっとう》、双児島《ふたごじま》の6つの小《ちい》さな島《しま》も生《う》みます。

こうして日本《にほん》の国土《こくど》をすべて生《う》み終《お》わると、イザナミは今度《こんど》は神《かみ》さまを生《う》み始《はじ》めます。

初《はじ》めに生《う》まれたのは「大事忍男神《おおことおしおのかみ》」という男《おとこ》の神《かみ》さまで、「大《おお》きなことをがんばって始《はじ》めるぞ！」ということを表《あらわ》します。

次《つぎ》に生《う》まれたのは、家《いえ》の土台《どだい》をつくる石《いし》と土《つち》の神《かみ》さまで、男女《だんじょ》のペアの神《かみ》さま。他《ほか》にも、海《うみ》の神《かみ》、河《かわ》の神《かみ》、水《みず》の神《かみ》、風《かぜ》の神《かみ》、土地《とち》の神《かみ》、船《ふね》の神《かみ》、食《しょく》物《もつ》の神《かみ》……など、たくさんの神々《かみがみ》が誕生《たんじょう》しました。

火《ひ》の神《かみ》の首《くび》をはねた イザナキのおそろしい怒《いか》り

ところが、イザナミが火《ひ》の神《かみ》である迦《か》

具土神《ぐつちのかみ》を生《う》んだとき、悲劇《ひげき》が起《お》こります。カグツチの火《ひ》の勢《いきお》いが強《つよ》すぎて、イザナミが大《おお》やけどを負《お》ってしまったのです。その後《ご》も気力《きりょく》を振《ふ》り絞《しぼ》って神々《かみがみ》を生《う》み落《お》としたイザナミ。ひん死《し》の状態《じょうたい》にも関《かか》わらず、イザナミは神《かみ》さまを生《う》み続《つづ》けます。ゲェーと吐《は》き出《だ》した物《もの》からは鉱山《こうざん》の神《かみ》、ウンチからは土《つち》の神《かみ》、オシッコからは水《みず》の神《かみ》が生《う》まれました。しかし、そんなイザナミもとうとう力尽《ちからつ》きて死《し》んでしまいます。

妻《つま》を失《うしな》ったイザナキは、声《こえ》にならない声《こえ》で泣《な》きわめき、気《き》が狂《くる》ったようにあちこちを転《ころ》げまわりました。このとき流《なが》したイザナキの涙《なみだ》からも、泣《なき》沢女神《さわめのかみ》という神《かみ》さまが生《う》まれています。この神《かみ》は、香山《かぐやま》の畝尾《うねお》の木《き》の下《した》にいる神《かみ》だとされています。

でも、どんなに悲《かな》しんでもイザナミが生《い》き返《かえ》ることはありません。イザナキは仕方《しかた》なく妻《つま》を**山**《やま》

山《やま》に葬《ほうむ》り…イザナミの遺体《いたい》は、出雲国《いずものくに》（島根県東部《しまねけんとうぶ》）と伯伎国《ほうきのくに》（鳥取県西部《とっとりけんせいぶ》）の境《さかい》にある比婆山《ひばやま》に埋葬《まいそう》されたとされている。

に葬《ほうむ》りました。

イザナミのお葬式《そうしき》が終《お》わっても、イザナキの悲《かな》しみは癒《い》えません。

「あいつのせいだ。あいつが憎《にく》い！」

怒《いか》り狂《くる》ったイザナキは、腰《こし》に差《さ》した剣《けん》を抜《ぬ》き、カグツチの首《くび》をスパーンとはねてしまったのです。

カグツチから飛《と》び散《ち》った血《ち》は、イザナキの剣《けん》の刃《は》を濡《ぬ》らして、岩《いわ》の上《うえ》にも飛《と》び散《ち》り、その血《ち》から、刀《かたな》の強《つよ》さや恐《おそ》ろしさを表《あらわ》す神《かみ》さまなど、**さまざまな神々《かみがみ》**が生《う》まれました。

また、カグツチを斬《き》った十拳剣《とつかつるぎ》も、天之尾羽張《あまのおはばり》という名前《なまえ》の剣《けん》の神《かみ》に。

イザナキに首《くび》を斬《き》られたカグツチの体《からだ》からは、山《やま》の坂《さか》の神《かみ》、山《やま》の奥《おく》の神《かみ》、谷間《たにま》の神《かみ》、山《やま》の端《はし》の神《かみ》、山《やま》の原《はら》の神《かみ》、山《やま》の入《い》り口《ぐち》の神《かみ》など、８種類《しゅるい》の山《やま》の神《かみ》さまが生《う》まれたのです。

さまざまな神々《かみがみ》…首《くび》を斬《き》られたカグツチから飛《と》び散《ち》った血《ち》から、建御雷之男神《たけみかづちのおのかみ》（P.86）が生《う》まれた。

04 イザナキとイザナミの 日《に》本《ほん》初《はつ》夫《ふう》婦《ふ》ゲンカ

最愛《さいあい》の妻《つま》を取《と》り戻《もど》すため 死者《ししゃ》の国《くに》へ

愛《あい》する妻《つま》イザナミを失《うしな》い、失意《しつい》のどん底《ぞこ》に落《お》ちたイザナキ。

「そんなに会《あ》いたいなら、迎《むか》えに行《い》けばいいじゃん！」

そう思《おも》いついたイザナキは、死者《ししゃ》が住《す》む**黄泉《よみ》の国《くに》**へイザナミを迎《むか》えに行《い》きました。

登場《とうじょう》する 神《かみ》さま

- 伊邪那岐命《いざなきのみこと》
- 伊邪那美命《いざなみのみこと》
- 黄泉醜女《よもつしこめ》
- 雷神《らいじん》

黄泉《よみ》の国《くに》…死者《ししゃ》がいる世界《せかい》。

黄泉《よみ》の国《くに》に着《つ》いたイザナキは、イザナミがいる御殿《ごてん》の扉《とびら》を叩《たた》いて声《こえ》をかけます。

「愛《いと》しい妻《つま》イザナミよ。迎《むか》えに来《き》たぞ。一緒《いっしょ》に帰《かえ》ろう！」

すると、中《なか》からイナザミの返事《へんじ》が。

「どうしてもっと早《はや》く迎《むか》えに来《き》てくれなかったの。黄泉《よみ》の国《くに》の食《た》べ物《もの》を食《た》べてしまったから、もうこの国《くに》の住人《じゅうにん》になってしまったわ。でも、せっかく迎《むか》えに来《き》てくれたんですから、黄泉《よみ》の国《くに》の神《かみ》に相談《そうだん》してみます。結果《けっか》がわかるまで絶対《ぜったい》に部屋《へや》の中《なか》に入《はい》ってこないでね」

そうして、イナザミに会《あ》えないまま待《ま》ちぼうけをくらうイザナキ。いつまで待《ま》っても出《で》てこないので、イザナキはしびれをきらして扉《とびら》の中《なか》に入《はい》ってしまいました。中《なか》はとても暗《くら》く、イザナキは魔除《まよ》けの髪櫛《かみくし》を一本《ぽん》折《お》って火《ひ》をつけ、部屋《へや》を照《て》らしました。そこにいたのは——顔《かお》や体《からだ》が醜《みにく》く腐《くさ》り、ゾンビになったイザナミだったのです。

イザナミ率《ひき》いる黄泉《よみ》の国軍《くにぐん》に追《お》われるイザナキ

「さすがに無理《むり》！　一緒《いっしょ》に帰《かえ》れない」

　イザナミの変《か》わり果《は》てた姿《すがた》に驚《おどろ》いたイザナキは、その場《ば》から逃《に》げ出《だ》してしまいます。

「よくも私《わたし》に恥《はじ》をかかせたわね！」

　一方《いっぽう》、激怒《げきど》したイザナミは、黄泉《よもつ》醜女《しこめ》という魔物《まもの》、イザナミの腐《くさ》った体《からだ》に取《と》りついていた雷神《らいじん》、黄泉《よみ》の国《くに》の軍隊《ぐんたい》に後《あと》を追《お》わせました。イザナキはつる草《くさ》の髪飾《かみかざ》りをぶどうに変《か》え、

黄泉津比良坂《よもつひらさか》…『古事記《こじき》』の上巻《かみつまき》に２度登場《どとうじょう》する坂《さか》。島根県松江市東出雲町《しまねけんまつえしひがしいずもちょう》にあるという説《せつ》がある。

櫛《くし》をタケノコに変《か》えて魔物《まもの》たちの気《き》をひき、その間《あいだ》に逃《に》げていきます。

永遠《えいえん》に別《わか》れることになったふたり

そして、黄泉《よみ》の国《くに》と地上世界《ちじょうせかい》の境《さかい》にある**黄《よ》泉《も》津《つ》比《ひ》良《ら》坂《さか》**までたどり着《つ》いたところで、最後《さいご》まで追《お》ってきた魔物《まもの》たちに桃《もも》を投《な》げて追《お》い払《はら》いました。

それでも結局《けっきょく》イザナミに追《お》いつかれてしまったイザナキは、動《うご》かすのに1000人《にん》かかるという**千引《ちび》きの岩《いわ》**で坂《さか》をふさいでイザナミを引《ひ》き離《はな》し、岩越《いわご》しに離婚《りこん》を告《つ》げたのです。

「こんなことをするなら、あなたの国《くに》の人間《にんげん》を毎日《まいにち》1000人殺《にんごろ》してやる！」

イザナミはこう叫《さけ》びましたが、イザナキはこう言《い》い返《かえ》します。

「それなら、わたしは毎日《まいにち》1500の産屋《うぶや》を建《た》てて、1500人《にん》の子《こ》どもを生《う》ませる！」

こうして、イザナキとイザナミは永遠《えいえん》に離別《りべつ》することになったのです。

千引《ちび》きの岩《いわ》…黄泉《よみ》の国《くに》と地上世界《ちじょうせかい》の境《ざかい》をふさいだ大《おお》きな岩《いわ》。

05 イザナキの禊《みそぎ》から生《う》まれた「三貴子《さんきし》」

黄泉《よみ》の国《くに》でけがれた身《み》から さまざまな災《わざわ》いの神《かみ》が！

「きたない国《くに》に行《い》ったおかげで、私《わたし》までけがれてしまった！　最悪《さいあく》！」

黄泉《よみ》の国《くに》から帰《かえ》って来《き》たイザナキはこう叫《さけ》びました。

そして、とても縁起《えんぎ》のいい地名《ちめい》を持《も》った九州《きゅうしゅう》の「日向《ひむか》の国《くに》」に向《む》かいました。

「一刻《いっこく》も早《はや》く身《み》を清《きよ》めたい」

日向《ひむか》に着《つ》いたイザナキは、そう言《い》って、着物《きもの》を脱《ぬ》ぎだします。帯《おび》を解《ほど》き、袴《はかま》を脱《ぬ》ぎ捨《す》てて、すっぽんぽんの丸《まる》はだかになりました。

イザナキが身《み》につけていたものから、さまざまな神《かみ》が生《う》まれたのですが、災《わざわ》いがやって来《こ》

登場《とうじょう》する神《かみ》さま

- 伊邪那岐命《いざなきのみこと》
- 天照大御神《あまてらすおおみかみ》
- 月読命《つくよみのみこと》
- 須佐之男命《すさのおのみこと》

ないようにする神《かみ》もいれば、体《からだ》に取《と》りついて病気《ようき》にさせる神《かみ》もいました。

はだかになったイザナキは、海《うみ》の中《なか》に入《はい》って大《おお》きく深呼吸《しんこきゅう》をします。そして、頭《あたま》までザブンと浸《つ》かると、海中《かいちゅう》で手足《てあし》を振《ふ》り、さらに頭《あたま》も振《ふ》って、全身《ぜんしん》のよごれをはらい落《お》としました。

イザナキの体《からだ》から漂《ただよ》い出《で》た黄泉《よみ》の国《くに》のけがれは、そのまま悪神《あくしん》に。

ふたたびイザナキが海中《かいちゅう》で身《み》を振《ふ》ると、今度《こんど》は先《さき》に生《う》まれた悪神《あくしん》を退治《たいじ》する三柱《みはしら》の神《かみ》が誕生《たんじょう》。もう一度《いちど》海《うみ》に潜《もぐ》ったときには、綿津見三神《わたつみさんしん》と住吉三神《すみよしさんしん》の、合計《ごうけい》六柱《むはしら》の海《うみ》の神《かみ》が生《う》まれたのです。綿津見三神《わたつみさんしん》は、筑紫《つくし》（今《いま》の九州《きゅうしゅう》）の海人族《かいじんぞく》と呼《よ》ばれる、海《うみ》の上《うえ》で活動《かつどう》した人《ひと》たちの祖先《そせん》と言《い》われています。

住吉三神《すみよしさんしん》は航海《こうかい》の神《かみ》として、大阪《おおさか》の住吉大社《すみよしたいしゃ》をはじめとした全国《ぜんこく》で祭《まつ》られています。ちなみに、住吉三神《すみよしさんしん》はこの後《あと》の天皇《てんのう》の時代《じだい》のお話《はなし》にも登場《とうじょう》します。覚《おぼ》えておきましょう。

イザナキが生《う》んだ最高傑作《さいこうけっさく》の三神《さんしん》

「さんざん悪《わる》いものを見《み》てしまったから、目《め》も洗《あら》わないとね」

禊《みそぎ》の終《お》わりに、イザナキは両目《りょうめ》を洗《あら》い、ついでに鼻《はな》も洗《あら》いました。すると、そこから神々《こうごう》しい三柱《みはしら》の神《かみ》が誕生《たんじょう》したのです。

左《ひだり》の目《め》からは、光《ひか》り輝《かがや》く美《うつく》しい女神《めがみ》「天照大御神《あまてらすおおみかみ》」が生《う》まれました。この神《かみ》は、この世界《せかい》を照《て》らす太陽《たいよう》の神《かみ》さまです。

禊《みそぎ》…けがれや罪《つみ》を、川《かわ》や海《うみ》の水《みず》に浸《つ》かって洗《あら》い流《なが》し、身《み》を清《きよ》めること。お祭《まつ》りなどで禊《みそぎ》をするようになったのは、イザナキの伝説《でんせつ》がきっかけだと言《い》われている。

右《みぎ》の目《め》からは、聡明《そうめい》で清《きよ》らかな輝《かがや》きを持《も》つ**「月読命《つくよみのみこと》」**が誕生《たんじょう》。夜《よる》を照《て》らす月《つき》の神《かみ》さまです。

そして、鼻《はな》から生《う》まれたのが、勇敢《ゆうかん》な男神《おがみ》で、「須佐之男命《すさのおのみこと》」という名《な》の嵐《あらし》の神《かみ》さまです。

イザナミと別《わか》れてから、自分《じぶん》だけで国造《くにづく》りをしてきたイザナキは喜《よろこ》びました。

「ようやく三貴子《さんきし》が生《う》まれた！」

イザナキは特《とく》にアマテラスをかわいがり、自分《じぶん》のネックレスを外《はず》して、彼女《かのじょ》の首《くび》にかけてあげました。そのネックレスは、稲《いね》の霊《れい》が宿《やど》る貴重《きちょう》なものです。

そして、イザナキは三神《さんしん》に向《む》かって、それぞれの役目《やくめ》を命《めい》じました。

「アマテラスは高天原《たかまのはら》を治《おさ》めなさい」

「ツクヨミは夜《よる》の国《くに》を治《おさ》めなさい」

「スサノオは海原《うなばら》を治《おさ》めなさい」

月読命《つくよみのみこと》…三貴子《さんきし》の一柱《ひとはしら》だが、このお話以降《はなしいこう》1度《ど》も登場《とうじょう》しないちょっと影《かげ》が薄《うす》い神《かみ》さま。

COLUMN 1

神聖《しんせい》な空気《くうき》に包《つつ》まれる アマテラスを祭《まつ》る伊勢神宮《いせじんぐう》

三重県伊勢市《みえけんいせし》にある伊勢神宮《いせじんぐう》は、正式《せいしき》には「神宮《じんぐう》」という名前《なまえ》の神社《じんじゃ》です。親《した》しみを込《こ》めて「お伊勢《いせ》さん」「大神宮《だいじんぐう》さん」と呼《よ》ばれています。アマテラスが祭《まつ》られる内宮《ないくう》（皇大神宮《こうたいじんぐう》）と、豊受大御神《とようけのおおみかみ》が祭《まつ》られる外宮《げくう》（豊受大神宮《とようけだいじんぐう》）の二宮《にくう》をはじめとした125宮《ぐう》の宮社《ぐうしゃ》からなります。

大抵《たいてい》、神社《じんじゃ》には手水舎《ちょうずや》という手《て》や口《くち》を清《きよ》める場所《ばしょ》があります。神宮《じんぐう》の内宮《ないくう》にも手水舎《ちょうずや》がありますが、ここでは「五十鈴川御手洗場《いすずがわみたらし》」に行《い》ってみましょう。ここは、ヤマトタケルの叔母《おば》であるヤマトヒメが着物《きもの》のすそを濯《すす》いだという伝説《でんせつ》が残《のこ》っている川で、今《いま》でも参拝前《さんぱいまえ》に身《み》を清《きよ》めることができます。

神宮《じんぐう》には「式年遷宮《しきねんせんぐう》」という興味深《きょうみぶか》い祭祀《さいし》があります。20年《ねん》に1度社殿《どしゃでん》を隣接《りんせつ》する敷地《しきち》に造《つく》り替《か》えるのです。2013年《ねん》に第《だい》62回神宮《かいじんぐう》式年遷宮《しきねんせんぐう》が行《おこな》われたので、次《つぎ》は2033年《ねん》の予定《よてい》。引《ひ》っ越《こ》し中《ちゅう》の神宮《じんぐう》が見《み》られるめったにないチャンスなので、2033年《ねん》はぜひ三重県伊勢市《みえけんいせし》を訪《おとず》れてみてはいかが？

第《だい》2章《しょう》

天《あま》の岩屋《いわや》と英雄《えいゆう》スサノオの活躍《かつやく》

01 スサノオはマザコンすぎて追放《ついほう》された!?

泣《な》き虫《むし》スサノオのせいで世《よ》の中《なか》は荒《あ》れまくり

父《ちち》であるイザナキの言《い》いつけどおり、長女《ちょうじょ》のアマテラスは高天原《たかまのはら》で、万物《ばんぶつ》を照《て》らし育《はぐく》む太陽神《たいようしん》として活躍《かつやく》。もう一柱《ひとはしら》のきょうだいのツクヨミも、夜《よる》や闇《やみ》の世界《せかい》に光《ひか》りを届《とど》ける大《たい》切《せつ》な役割《やくわり》を果《は》たすようになりました。

ところが、末《すえ》っ子《こ》のスサノオだけは、なか

登場《とうじょう》する神《かみ》さま

- 須佐之男命《すさのおのみこと》
- 伊邪那岐命《いざなきのみこと》

なか一人前《いちにんまえ》になれませんでした。あごヒゲが伸《の》びて胸《むね》に届《とど》くくらいの大人《おとな》になっても、子《こ》どものように泣《な》き続《つづ》け、わめくことを止《と》めようとはしません。

スサノオは嵐《あらし》の神《かみ》さまなので、もともと勢《いきお》いがとても強《つよ》いのです。その神《かみ》さまが全力《ぜんりょく》でゴネて暴《あば》れるわけですから、その被害《ひがい》といったらとんでもない！ 地上《ちじょう》のあらゆる水分《すいぶん》が、スサノオの涙《なみだ》として吸《す》い上《あ》げられてしまったのです。緑《みどり》の木々《きぎ》が生《お》い茂《しげ》っていた山《やま》は〝ハゲ山《やま》〟になるし、海《うみ》も河《かわ》も干《ひ》からびてカラカラの状態《じょうたい》に。

何《なに》より問題《もんだい》なのは、あらゆる生《い》き物《もの》の心《こころ》のうるおいが奪《うば》われてしまうことです。そのため災《わざわ》いの神々《かみがみ》の力《ちから》が強《つよ》まり、ハエのようにむらがっては悪《わる》だくみを始《はじ》めました。おまけに、さまざまな魔物《まもの》まで出《で》てきて、わがもの顔《かお》でのさばる始末《しまつ》……。

父《ちち》は怒《おこ》り、あきれて隠居《いんきょ》してしまった……

世《よ》の中《なか》の荒《あ》れぶりを見《み》かねたイザナキは、スサノオを呼《よ》び出《だ》して、尋《たず》ねます。

「いったい、おまえはどうしてそんなに泣《な》きわめいてばかりいるんだ?」

すると、スサノオはこう答《こた》えたのです。

「死《し》んだ**お母《かあ》さん**の住《す》む黄泉《よみ》の国《くに》に行《い》きたくて、わたしは泣《な》いているんです」

立派《りっぱ》なヒゲをたくわえたたくましい男《おとこ》の神《かみ》さまが「ママが恋《こい》しい」と言《い》ってオイオイ泣《な》くのを見《み》て、イザナキは激怒《げきど》!

お母《かあ》さん…スサノオはイザナキの鼻《はな》から生《う》まれたので、本来《ほんらい》なら母《はは》はいないはず。自分《じぶん》が生《う》まれるより前《まえ》に死《し》んだイザナミのことを、母《はは》と慕《した》っているのかもしれない。

「アマテラスとツクヨミは任《まか》された仕事《しごと》を立派《りっぱ》にこなしているのに、弟《おとうと》のおまえはずっと泣《な》いてばかり！　そろそろふたりを見習《みなら》って頑張《がんば》るかと思《おも》えば、まったくじゃないか。いつになったらしっかりするんだ。そんなに母親《ははおや》が恋《こい》しいのなら、さっさと黄泉《よみ》の国《くに》でも行《い》ってしまえ！　今後《こんご》、おまえが地上《ちじょう》に住《す》むことは許《ゆる》さん！」

わが子《こ》のダメダメさにあきれてしまったイザナキは、近江《おうみ》の地《ち》に移《うつ》って隠居《いんきょ》してしまいました。ちなみにイザナキがこもったお社《やしろ》は、「**多賀神《たがじん》社《じゃ》**」として今《いま》も祭《まつ》られています。

さて、父《ちち》によって地上《ちじょう》から追放《ついほう》されてしまったスサノオですが、ショックを受《う》けたものの、今《いま》となっては仕方《しかた》がありません。

「最後《さいご》にお姉《ねえ》さんにだけはあいさつしておこう。それから、黄泉《よみ》の国《くに》に旅立《たびだ》つとしよう」

すぐに開《ひら》き直《なお》って、高天原《たかまのはら》のアマテラスを訪《たず》ねに行《い》くことにしたのです。

多賀神社《たがじんじゃ》…滋賀県犬上郡多賀町《しがけんいぬかみぐんたがちょう》にある神社《じんじゃ》。兵庫県淡路島《ひょうごけんあわじじま》にあるという説《せつ》も。

02

アマテラスとスサノオの子《こ》づくり対《たい》決《けつ》！

かわいい顔《かお》して男勝《おとこまさ》りなアマテラス

アマテラスを訪《たず》ねてスサノオがやって来《き》たというので、高天原《たかまのはら》は上《うえ》を下《した》への大騒《おおさわ》ぎ。スサノオは乱暴《らんぼう》で力《ちから》のある神《かみ》なので、歩《ある》くたびにどすんどすんと大《おお》きな音《おと》が鳴《な》り、高天原全体《たかまのはらぜんたい》がぐらぐらと揺《ゆ》れるからです。

「これは何事《なにごと》だ!?」

「え、スサノオが来《き》たって!?」

登場《とうじょう》する神《かみ》さま

須佐之男命《すさのおのみこと》

天照大神《あまてらすおおみかみ》

勾玉《まがたま》…古代《こだい》のアクセサリー。翡翠《ひすい》や瑪瑙《めのう》、水晶《すいしょう》などを使《つか》ってつくる。神聖《しんせい》な力《ちから》があると信《しん》じられていた。

「えらいこっちゃ！」

ふだんは穏《おだ》やかに過《す》ごしている高《たか》天原《まのはら》の神々《かみがみ》が、右往左往《うおうさおう》しながら言《い》い合《あ》っているのを見《み》たアマテラスは、キッとまゆ毛《げ》をつり上《あ》げて、こう言《い》いました。

「スサノオが来《き》たようね。わたしが支配《しはい》する高《たか》天原《まのはら》を奪《うば》いに来《き》たにちがいない」

そう言《い》うが早《はや》いか、アマテラスは美《うつく》しく結《ゆ》い上《あ》げた髪《かみ》をバサッと解《ほど》いて、男性《だんせい》のように顔《かお》の両側《りょうがわ》でたばねました。着物《きもの》も戦《たたか》い用《よう》のものに着替《きが》え、大《おお》きな魔除《まよ》けの**勾玉**《まがたま》を５００個《こ》も取《と》り出《だ》して、髪《かみ》と両手《りょうて》にグルグルと巻《ま》きつけました。そして、無数《むすう》の矢《や》が入《はい》った筒《つつ》を持《も》って、弓《ゆみ》を構《かま》えたのです。

河《かわ》の向《む》こうにスサノオの姿《すがた》を見《み》つけると、アマテラスはこう言《い》いました。

「何《なん》のために来《き》た！」

スサノオはその様子《ようす》にビビって、慌《あわ》てて答《こた》えます。

「わたしに悪《わる》い心《こころ》などありません。父《ちち》に地上《ちじょう》を追放《ついほう》されてしまったので、ごあいさつにと思《おも》って……。本当《ほんとう》に、それだけなんです！」

ウケイ…「あることをして、結果《けっか》がどうなれば勝《か》ち、どうなれば負《ま》け」というのを最初《さいしょ》に決《き》めておいて、両者《りょうしゃ》が争《あらそ》う占《うらな》いの一種《いっしゅ》。ここでは、アマテラスとスサオノが「子《こ》を生《う》む」ことをして、勝《か》ち負《ま》けを決《き》めようとしている。

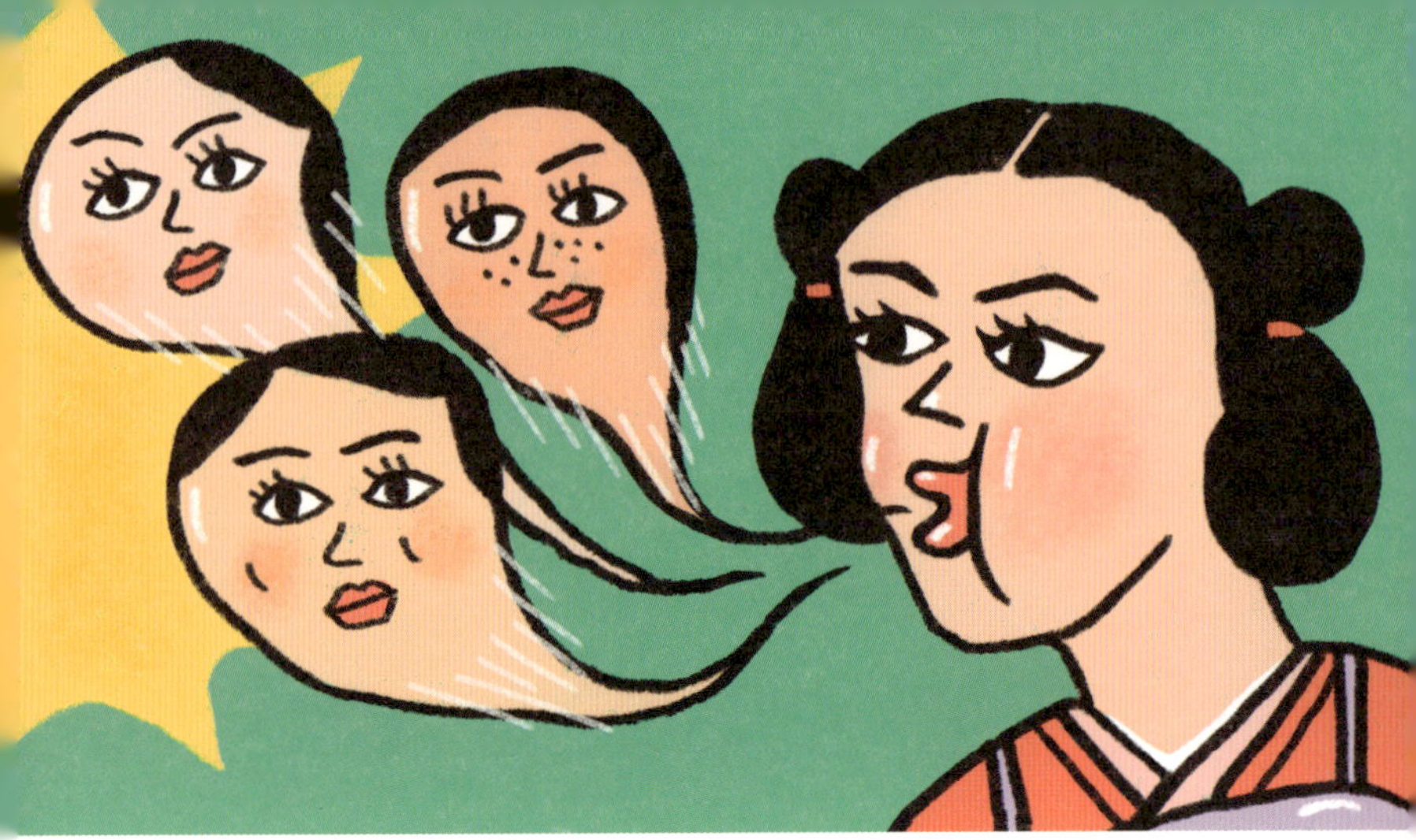

でも、用心深《ようじんぶか》いアマテラスは信《しん》じてくれません。
そこで、「**ウケイ**」をすることになりました。
「ウケイで、それぞれが子《こ》を生《う》むことにしよう」

女神《めがみ》と男神《おがみ》 どっちを生《う》めば勝《か》ち!?

まず、アマテラスがスサノオから渡《わた》された剣《けん》を三《みっ》つに折《お》り、口《くち》に入《い》れてバリバリ噛《か》み砕《くだ》きました。その粉《こな》をプッと吹《ふ》き出《だ》すと、中《なか》から美《うつく》しい**三柱《みはしら》の女神《めがみ》**が現《あらわ》れました。

次《つぎ》に、スサノオがアマテラスの髪《かみ》から取《と》った大《おお》きな勾玉《まがたま》を口《くち》に入《はい》れ、バリバリやった後《あと》、プッと吹《ふ》き出《だ》すと、**五柱《いつはしら》の男神《おがみ》**が現《あらわ》れました。

「最初《さいしょ》の男神《おがみ》の名《な》に〝正勝《まさかつ》〟と入《はい》っています」

そう言《い》うスサノオに対《たい》して、アマテラスはこう

三柱《みはしら》の女神《めがみ》…宗像三女神《むなかたさんじょしん》と呼《よ》ばれる女神《めがみ》のこと。多紀理毘売命《たきりびめのみこと》、市寸島比売命《いちきしまひめのみこと》、多岐都比売命《たぎつひめのみこと》。

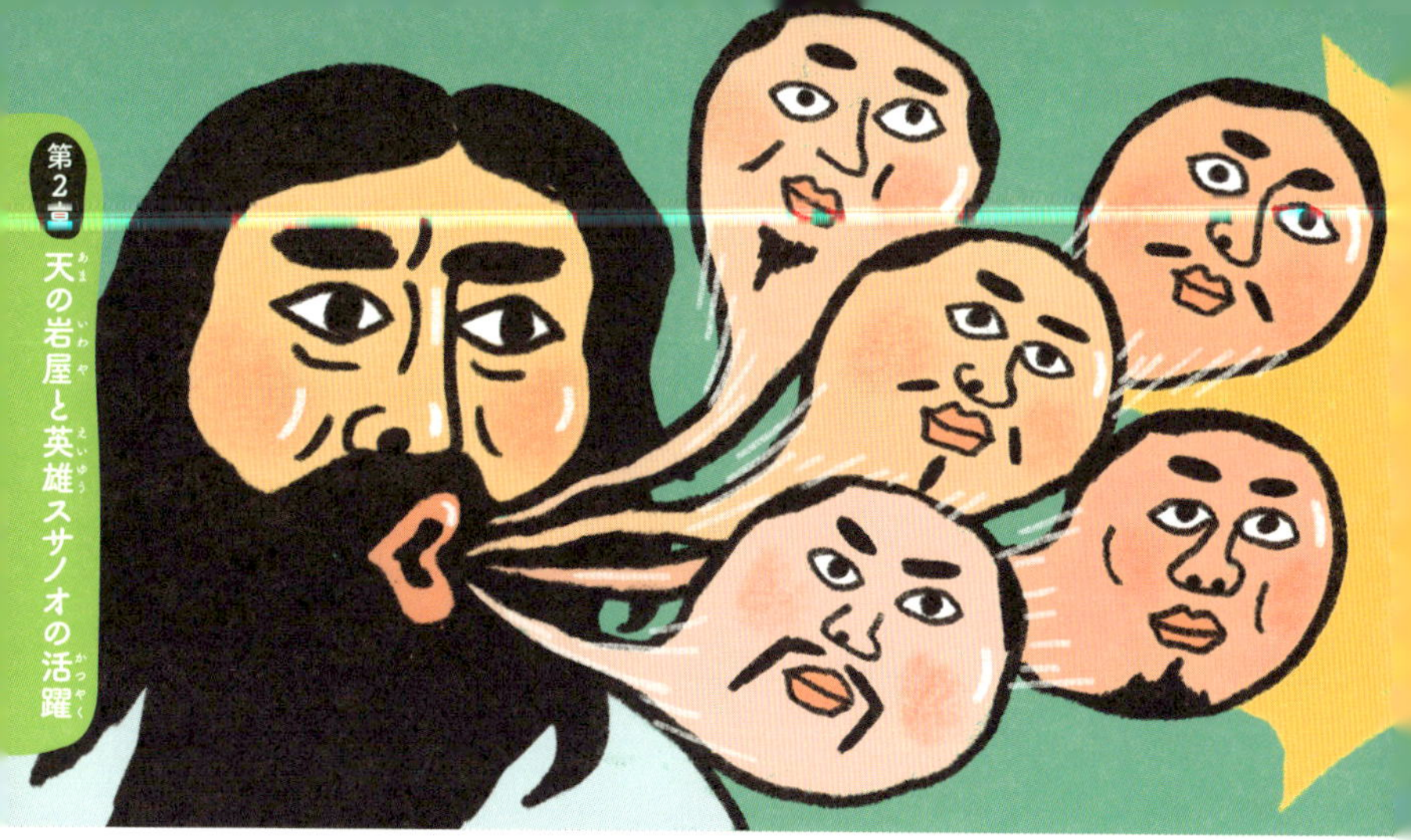

宣言《せんげん》します。

「五柱《いつはしら》の男神《おがみ》は、わたしの勾玉《まがたま》から生《う》まれたんじゃないの。だから、わたしの子《こ》よ。最初《さいしょ》の三柱《みはしら》の女神《めがみ》があんたの子《こ》」

「はて、そういうものかな？」

スサノオはそう思《おも》いつつも、改《あらた》めて女神《めがみ》たちを見《み》ました。

「こんな清《きよ》らかな乙女《おとめ》を生《う》んだわたしは、やはり潔白《けっぱく》だ！　わたしの勝《か》ちだ！」

そう大喜《おおよろこ》びして、走《はし》り去《さ》ってしまったのです。

実《じつ》は、ウケイの前《まえ》に「男《おとこ》と女《おんな》、どちらを生《う》んだら勝《か》ちとするか」を決《き》めていなかったのです。でも、アマテラスはあえて何《なに》も言《い》いませんでした。自分《じぶん》が勝《か》ちだと思《おも》い込《こ》んだスサノオは、黄泉《よみ》の国《くに》のことも忘《わす》れて、ちゃっかり高天原《たかまのはら》に住《す》みついてしまったのです。

五柱《いつはしら》の男神《おがみ》…稲穂《いなほ》・農業《のうぎょう》の神《かみ》である正勝吾勝勝速日天之忍穂耳命《まさかつあかつかちはやびあめのおしほみみのみこと》、農業《のうぎょう》・産業《さんぎょう》の神《かみ》である天之菩卑能命《あめのほひのみこと》、日《ひ》・海《うみ》・風《かぜ》の神《かみ》である天津日子根命《あまつひこねのみこと》、活津日子根命《いくつひこねのみこと》、熊野久須毘命《くまぬくすびのみこと》のこと。

03

スサノオのイタズラで高天原《たかまのはら》はてんやわんや

登場《とうじょう》する神《かみ》さま

須佐之男命《すさのおのみこと》

天照大神《あまてらすおおみかみ》

アマテラスの神殿《しんでん》にウンチが!?

「勝《か》った! 勝《か》った!」

アマテラスとの対決後《たいけつご》、スサノオは飛《と》び上《あ》がって大騒《おおさわ》ぎ。その振動《しんどう》のせいで、アマテラスが大切《たいせつ》にしている水田《すいでん》の畔《あぜ》がくずれ、水《みず》を引《ひ》くための水路《すいろ》も埋《うず》もれてしまいました。それはスサノオが〝うっかり〟やってしまった

ミスではなく、〝わざと〟やった悪事《あくじ》です。
　スサノオの悪事《あくじ》は、それだけではありません。なんと、アマテラスの食事《しょくじ》をお供《そな》えする神殿《しんでん》に、大量《たいりょう》のウンチを置《お》いたのです！　高《たか》天原《まのはら》の神々《かみがみ》は、怒《いか》りでぶるぶると身《み》を震《ふる》わせました。それでもアマテラスは弟《おとうと》をかばい、神々《かみがみ》に弁明《べんめい》をして回《まわ》りました。
「きっと酒《さけ》に酔《よ》って気分《きぶん》が悪《わる》くなったときに、まちがってウンチをしてしまったんでしょうね。田《た》んぼの畔《あぜ》をくずしたのも、きっと『道《みち》にしておくのはもったいない。ここも田《た》んぼにしたほうが、稲《いね》が植《う》えられる』と考《かんが》えたのでしょう」
　ところが、アマテラスのそんな思《おも》いやりも知《し》らず、スサノオの悪《わる》さはますますひどくなっていきます。

悪事《あくじ》はエスカレート ついに死者《ししゃ》まで！

アマテラスが神々《かみがみ》が着《き》る神聖《しんせい》な着物《きもの》を織《お》る神殿《しんでん》に行《い》ったときのことです。織女《しょくじょ》たちが機械《きかい》で布《ぬの》を織《お》っていると、そこにとんでもない物《もの》が、屋根《やね》を突《つ》き破《やぶ》って落《お》ちてきました。

とんでもない物《もの》とは、むごたらしく皮《かわ》をはがされた馬《うま》の死骸《しがい》。スサノオが織女《しょくじょ》たちを驚《おどろ》かそうとして、神殿《しんでん》の屋根《やね》に上《のぼ》り、まだらもようの美《うつく》しい一頭《いっとう》の馬《うま》をつかまえて、お尻《しり》のほうから頭《あたま》に向《む》かって皮《かわ》を剥《は》いだのです。

気味《きみ》の悪《わる》い落下物《らっかぶつ》に驚《おどろ》いた織女《しょくじょ》たちは、「きゃー！」と悲鳴《ひめい》を上《あ》げながら、クモの子《こ》を散《ち》らしたように逃《に》げま

梭《ひ》…機織《はたお》りで、緯《よこいと》を、経《たていと》の中《なか》にくぐらせるための道具《どうぐ》。木《き》または金属《きんぞく》でつくられていて、細長《ほそなが》い舟形《ふながた》をしている。

どいました。そのパニックの中《なか》で、ひとりの織女《しょくじょ》が死《し》んでしまったのです。機《はた》織《お》りに使《つか》う「**梭**《ひ》」という道《どう》具《ぐ》が床《ゆか》に落《お》ち、その上《うえ》に倒《たお》れてしまった若《わか》い織女《しょくじょ》の大事《だいじ》なところに突《つ》き刺《さ》さったのです。

ショッキングな出来事《できごと》の一《いち》部《ぶ》始《し》終《じゅう》を目撃《もくげき》してしまったアマテラスは、怒《いか》り、なげき、悲《かな》しみました。神聖《しんせい》な場《ば》所《しょ》で若《わか》い女《おんな》の血《ち》が流《なが》れたことは、おそろしいけがれです。しかも、その原因《げんいん》は、自分《じぶん》の弟《おとうと》がしでかしたこと……。スサノオの度《ど》が過《す》ぎたイタズラに対《たい》して、いくらアマテラスでももうかばいきれません。

心《こころ》に傷《きず》を負《お》ったアマテラスは、神殿《しんでん》を出《で》るとそのまま、天《あま》の**岩屋**《いわや》の奥《おく》に隠《かく》れて出《で》てこなくなってしまいました。

岩屋《いわや》…岩《いわ》でできた洞窟《どうくつ》。アマテラスは太陽《たいよう》の神《かみ》なので、岩屋《いわや》に隠《かく》れてしまうと、世界《せかい》が暗黒《あんこく》になってしまう。

04 アマテラスがストレスで引《ひ》きこもりに!?

世界《せかい》から太陽《たいよう》が消《き》え まっ暗闇《くらやみ》に!

光《ひか》り輝《かがや》く太陽《たいよう》の女神《めがみ》・アマテラスが暗《くら》い岩屋《いわや》の奥《おく》に入《はい》ってしまうと、高天原《たかまのはら》はたちまち光《ひかり》を失《うしな》ってしまいました。どこもかしこも夜《よる》のような闇《やみ》。もちろん高天原《たかまのはら》だけでなく、人間《にんげん》が住《す》む地上《ちじょう》も同《おな》じです。

いつまでも明《あ》けない夜《よる》に、高天原《たかまのはら》の神々《かみがみ》も頭《あたま》を抱《かか》えてしまいました。光《ひかり》を失《うしな》った世界《せかい》には、悪《わる》いエネルギーが広《ひろ》がり、災《わざわ》いが起《お》こります。「このままでは、悪《わる》い魔物《まもの》が住《す》み着《つ》いてしまう」「何《なん》とかしなければ!」と思《おも》った神々《かみがみ》は、天《あま》の安《やす》の河《かわ》のほとりに集《あつ》まって、会議《かいぎ》を開《ひら》くことにしました。

登場《とうじょう》する神《かみ》さま

- 天照大御神《あまてらすおおみかみ》
- 思金神《おもいかねのかみ》
- 天宇受売命《あめのうずめのみこと》

会議《かいぎ》に集《あつ》まってきた神々《かみがみ》の数《かず》は八百万《やおよろず》。その中《なか》で、こういうときにもっとも頼《たよ》りになるのが「思金神《おもいかねのかみ》」です。オモイカネは、造化三神《ぞうかさんしん》のうちの一柱《ひとはしら》、タカミムスヒの子《こ》どもで、深《ふか》い知恵《ちえ》をもっている神《かみ》さまです。

「何《なに》か良《よ》い知恵《ちえ》を出《だ》しておくれ」

八百万《やおよろず》の神《かみ》に頼《たの》まれたオモイカネは、意外《いがい》な作戦《さくせん》を考《かんが》え出《だ》しました。

お祭《まつ》り騒《さわ》ぎにつられて アマテラス復活《ふっかつ》！

「お祭《まつ》りをしよう！」

オモイカネの提案《ていあん》に、神々《かみがみ》は戸惑《とまど》いました。

八百万《やおよろず》…大勢《おおぜい》であることの表現《ひょうげん》。

「祭《まつ》り？」
「そんなものをしてどうなるの？」
——疑問《ぎもん》を口《くち》にする神々《かみがみ》に対《たい》して、オモイカネは順《じゅん》に説明《せつめい》をします。
「まず、**常世《とこよ》の長鳴《ながな》き鳥《どり》**を集《あつ》めてください。次《つぎ》に、鏡《かがみ》をつくります。勾玉《まがたま》をつなげた飾《かざ》りもつくりましょう」

オモイカネの指示通《しじどお》り、たくさんの鏡《かがみ》や玉飾《たまかざ》りを**榊《さかき》**に飾《かざ》り、いよいよ祭《まつ》りのスタートです。天《あま》の岩屋《いわや》の前《まえ》で常世《とこよ》の長鳴《ながな》き鳥《どり》がいっせいに鳴《な》き始《はじ》めました。陽気《ようき》な女神《めがみ》の天宇受売命《あめのうずめのみこと》がおっぱい丸《まる》出《だ》しで、色《いろ》っぽく踊《おど》り出《だ》します。
「いいぞ！　いいぞ！」
と、八百万《やおよろず》の神々《かみがみ》がはやしたて、手拍子《てびょうし》や笑《わら》い声《ごえ》が暗闇《くらやみ》に響《ひび》きました。その賑《にぎ》やかな音《おと》は、天《あま》の岩屋《いわや》の中《なか》にいたアマテラスの耳《みみ》にも。

常世《とこよ》の長鳴《ながな》き鳥《どり》…常世《とこよ》は、海《うみ》のかなたにあるステキな異世界《いせかい》。そこから連《つ》れてきたニワトリのこと。ニワトリの鳴《な》き声《ごえ》が朝《あさ》（太陽《たいよう》）を招《まね》くと考《かんが》えられていた。

「何《なに》を騒《さわ》いでいるのかしら？」

気《き》になったアマテラスはそっと入《い》り口《ぐち》の扉《とびら》を開《あ》けて外《そと》を覗《のぞ》き、周《まわ》りの神々《かみがみ》に尋《たず》ねました。

「世界《せかい》がまっ暗《くら》になって悲《かな》しむならわかるけど、どうしてそんなに楽《たの》しそうなの？」

そう聞《き》くとこんな答《こた》えが返《かえ》ってきました。

「あなたより貴《とうと》い神《かみ》がこうして現《あらわ》れたから、嬉《うれ》しくて！」

よく見《み》ると、美《うつく》しく貴《とうと》い女神《めがみ》が、ふしぎそうに自分《じぶん》のほうを見《み》ています。もっとその姿《すがた》をよく見《み》ようと、アマテラスが身《み》を乗《の》り出《だ》した瞬間《しゅんかん》、扉《とびら》のそばに隠《かく》れていた力自慢《ちからじまん》の神《かみ》さまが、その腕《うで》を引《ひ》っ張《ぱ》って外《そと》に連《つ》れ出《だ》しました。

こうして、世界《せかい》にふたたび光《ひかり》が戻《もど》ってきたのです。ちなみに、アマテラスが見《み》た〝美《うつく》しく貴《とうと》い女《め》神《がみ》の姿《すがた》〟とは、鏡《かがみ》に映《うつ》った自分《じぶん》の姿《すがた》でした。

榊《さかき》…現在《げんざい》では、ツバキ科《か》のサカキを意味《いみ》するが、昔《むかし》は神事《じんじ》に使《つか》われる常緑樹全般《じょうりょくじゅぜんぱん》を指《さ》した。

05 ヤマタノオロチの敗因《はいいん》は お酒《さけ》好《ず》きだったから

すっかりかんになって 高天原《たかまのはら》を去《さ》るスサノオ

無事《ぶじ》に高天原《たかまのはら》に光《ひかり》が戻《もど》ったからといって、「めでたし、めでたし」とはいきません。なぜなら、乱暴《らんぼう》ないたずら者《もの》のスサノオが、まだ高天原《たかまのはら》にいるからです。八百万《やおよろず》の神々《かみがみ》は、スサノオにどんな罰《ばつ》を与《あた》えて懲《こ》らしめるかを話《はな》し合《あ》いました。


「暗闇《くらやみ》に閉《と》じ込《こ》めるのは？」

「お尻《しり》をこっぴどく叩《たた》いてやるとか」

「それでは甘《あま》い！」

「とにかく二度《にど》と悪《わる》さをしないように、ギャフンと言《い》わせたい！」

登場《とうじょう》する神《かみ》さま
須佐之男命《すさのおのみこと》
櫛名田比売《くしなだひめ》
ヤマタノオロチ
おじいさん
おばあさん

などと言《い》ったかどうかはわかりませんが、反省《はんせい》の証拠《しょうこ》として、さまざまな貢《みつ》ぎ物《もの》を差《さ》し出《だ》してもらうことに。スサノオは食《た》べ物《もの》や布地《ぬのじ》、馬《うま》などの財産《ざいさん》のほか、自分《じぶん》の長《なが》いヒゲも爪《つめ》も切《き》って、すべてを神々《かみがみ》に差《さ》し出《だ》し、その上《うえ》で高天原《たかまのはら》から追放《ついほう》されたのです。それくらいしないと許《ゆる》されないほど、スサノオの罪《つみ》は重《おも》かったのです。

いけにえをむさぼるオロチと伝説《でんせつ》の名刀《めいとう》

高天原《たかまのはら》を去《さ》ったスサノオは、**出雲《いずも》の鳥《とり》髪《かみ》**へやってきました。人気《ひとけ》のない場所《ばしょ》でしたが、しばらく歩《ある》くと年老《としお》いた夫婦《ふうふ》と若《わか》い娘《むすめ》が泣《な》いていたので、「どうしたのだ？」

出雲《いずも》の鳥髪《とりかみ》…今《いま》の島根県仁多郡奥出雲町大呂《しまねけんにたぐんおくいずもちょうおおろ》（もとの鳥上村《とりかみむら》）とされる。

と声《こえ》をかけました。

「わたしたちには8人《にん》の娘《むすめ》がいたのですが、ヤマタノオロチがどこからか毎年《まいとし》やって来《き》て、ひとりずつ食《た》べてしまったのです。後《あと》は、ここにいる娘《むすめ》ひとりだけ」

今年《ことし》もヤマタノオロチが来《き》て、娘《むすめ》を食《た》べられてしまうと思《おも》って、3人《にん》で泣《な》いていたのです。娘《むすめ》の名《な》は、櫛名田比売《くしなだひめ》といいました。**おじいさん**の説明《せつめい》によるとヤマタノオロチは、胴《どう》が1つで、頭《あたま》と尾《お》っぽが8つずつある大《おお》きなヘビで、その目《め》はホオズキの実《み》のように真《ま》っ赤《か》。体《からだ》の大《おお》きさは、8つの谷《たに》、8つの山《やま》を越《こ》えるほどだといいます。

それを聞《き》いたスサノオは、こう約束《やくそく》しました。

「よし！　ヤマタノオロチを退治《たいじ》する代《か》わりに、クシナダヒメを嫁《よめ》にくれ！」

おじいさんとおばあさんに強《つよ》い酒《さけ》を用意《ようい》させた

おじいさん…大山津見神《おおやまつみのかみ》という山《やま》の神《かみ》の血《ち》を引《ひ》いている。

スサノオは、それをヤマタノオロチに飲《の》ませて、酔《よ》っぱらっている間《あいだ》にやっつける作戦《さくせん》に出《で》ました。

酒《さけ》をたらふく飲《の》んでベロベロになったヤマタノオロチは、剣《けん》を持《も》ったスサノオが近《ちか》づくのに気《き》づきもしません。そのすきに、スサノオは1つずつヤマタノオロチの頭《あたま》を切《き》り落《お》として退治《たいじ》していったのです。

ところが、途中《とちゅう》でスサノオの剣《けん》の刃《は》が傷《きず》ついて欠《か》けてしまいました。尾《お》の中《なか》に固《かた》い物《もの》があり、よく見《み》ると、それは太刀《たち》だったのです！

ヤマタノオロチ退治《たいじ》の後《あと》、スサノオはクシナダヒメと結婚《けっこん》して、出雲《いずも》の地《ち》で暮《く》らしました。このふたりの子孫《しそん》が大国主神《おおくにぬしのかみ》です。

ちなみに、このおそろしい切《き》れ味《あじ》の太刀《たち》は、アマテラスに捧《ささ》げられました。その大刀《たち》は「草薙《くさなぎの》剣《つるぎ》」として、今《いま》でも伝説《でんせつ》になっています。

COLUMN 2

京都祇園《きょうとぎおん》の観光名所《かんこうめいしょ》 スサノオを祭《まつ》る八坂神社《やさかじんじゃ》

スサノオを主祭神《しゅさいじん》とする八坂神社《やさかじんじゃ》は、京都府京都市《きょうとふきょうとし》にあります。スサノオの妻《つま》のクシナダヒメと、スサノオとクシナダヒメの子《こ》どもたちである八柱御子神《やはしらみこがみ》も主祭神《しゅさいじん》として祭《まつ》られています。観光《かんこう》の名所《めいしょ》として有名《ゆうめい》で、四条通《しじょうどおり》を東《ひがし》にすすむと突《つ》き当《あ》たりに見《み》えてくる朱塗《しゅぬ》りの立《りっ》派《ぱ》な西楼門《にしろうもん》が目印《めじるし》。そのほかにも、「祇園造《ぎおんづく》り」と言《い》われる本殿《ほんでん》と拝《はい》殿《でん》を1つの屋根《やね》で覆《おお》う珍《めずら》しい様式《ようしき》の建物《たてもの》も見《み》どころです。

また、京都《きょうと》の夏《なつ》の風物詩《ふうぶつし》である「祇園祭《ぎおんまつり》」は、八坂神社《やさかじんじゃ》のお祭《まつ》りです。平安時代前期《へいあんじだいぜんき》から続《つづ》くお祭《まつ》りで、1000年《ねん》以上《いじょう》の歴史《れきし》があります。京《きょう》で疫病《えきびょう》が流行《りゅうこう》したとき、66本《ぽん》の鉾《ほこ》を立《た》ててスサノオを祭《まつ》り、災《わざわ》いが取《と》り除《のぞ》かれるよう祈《いの》ったことが始《はじ》まりとされています。

祭《まつ》りのクライマックスである、豪華《ごうか》な山車《だし》が京都市内《きょうとしない》をめぐる行《ぎょう》事《じ》「山鉾巡行《やまぼこじゅんこう》」は、その豪華《ごうか》さから「動《うご》く美術館《びじゅつかん》」と呼《よ》ばれています。大《おお》きなカマキリのからくりが乗《の》ったものや、『古事記《こじき》』のエピソードにちなんだもの、恋愛成就《れんあいじょうじゅ》のジンクスがあるものなどバラエティー豊《ゆた》かなので、お気《き》に入《い》りが見《み》つかるかもしれません。

第《だい》3章《しょう》

オオクニヌシの国造《くにづく》り

01 5つの名前《なまえ》をもつ神《かみ》さまと 因幡《いなば》の白《しろ》ウサギの悲劇《ひげき》

いじわるな兄弟《きょうだい》が 白《しろ》ウサギについたひどいウソ

偉大《いだい》な神《かみ》さまの一柱《ひとはしら》に、大国主神《おおくにぬしのかみ》がいます。オオクニヌシはスサノオの子孫《しそん》で、全部《ぜんぶ》で**5つの名前《なまえ》**を持《も》っています。まずは、1つめの名前《なまえ》にまつわるお話《はなし》からしましょう。オオクニヌシがまだ「大穴牟遅神《おおあなむちのかみ》」という名前《なまえ》で呼《よ》ばれていた頃《ころ》の話《はなし》です。

オオアナムヂには大勢《おおぜい》の兄弟《きょうだい》がいましたが、兄弟《きょうだい》たちはみんな**因幡《いなば》**に住《す》む八上比売《やかみひめ》という女性《じょせい》が好《す》きでした。みんな「ヤカミヒメと結婚《けっこん》したい！」と思《おも》っていたので、全員《ぜんいん》で因幡《いなば》までヤカミヒメに会《あ》いに行《い》くことに。オオアナムヂは結婚《けっこん》にまだ興味《きょうみ》がなく、「どうでもいい」と思《おも》っていたのですが、兄弟《きょうだい》たちの荷物持《にもつも》ちとして一緒《いっしょ》に連《つ》れて行《い》かれることになりました。

登場《とうじょう》する神《かみ》さま

- 大穴牟遅神《おおあなむぢのかみ》
- 大勢《おおぜい》の兄弟《きょうだい》
- 白《しろ》ウサギ
- 八上比売《やかみひめ》

5つの名前《なまえ》…大国主神《おおくにぬしのかみ》、大穴牟遅神《おおあなむちのかみ》、葦原色許男《あしはらのしこお》、宇都志国玉神《うつしくにたまのかみ》、八千矛神《やちほこのかみ》。

兄弟《きょうだい》たちが因幡《いなば》の**気多《きた》の岬《みさき》**に来《き》たとき、砂浜《すなはま》に白《しろ》ウサギが横《よこ》たわっていました。体《からだ》の皮《かわ》がはがれ、息《いき》も絶《た》え絶《だ》えです。

「その傷《きず》を治《なお》す方法《ほうほう》を教《おし》えてやろう」

いじわるな兄弟《きょうだい》たちは、そのウサギに向《む》かってそう言《い》い、ウソの治療《ちりょう》法《ほう》を教《おし》えました。

「いいか、よく聞《き》け。まず塩辛《しおから》い海《うみ》の水《みず》をたっぷり浴《あ》びて、それから高《たか》い崖《がけ》に上《のぼ》って風《かぜ》に当《あ》たるんだ。そうすれば、すぐに治《なお》るぞ」

「ありがとうございます」

騙《だま》されていることを知《し》らないウサギは何度《なんど》も頭《あたま》を下《さ》げましたが、その様子《ようす》を見《み》て、兄弟《きょうだい》たちはゲラゲラ笑《わら》いながら、去《さ》って行《い》きました。

白《しろ》ウサギは、弱《よわ》った体《からだ》を起《お》こして、言《い》われたとおりに、

因幡《いなば》…鳥取県《とっとりけん》の東部《とうぶ》。
気多《きた》の岬《みさき》…鳥取県鳥取市《とっとりけんとっとりし》にある岬《みさき》。同市《どうし》にある白兎海岸《はくとかいがん》にも気多岬《きたみさき》がある。

海《うみ》の中《なか》に入《はい》ってみました。塩水《しおみず》が傷《きず》にビリビリしみて、たまらず飛《と》び上《あ》がりましたが、がまんして海水《かいすい》に浸《つ》かります。そして、崖《がけ》に上《のぼ》って、ピューピュー風《かぜ》に吹《ふ》かれました。風《かぜ》が体《からだ》に当《あ》たるたび、肌《はだ》が引《ひ》きつり、照《て》りつける太陽《たいよう》で、ウサギの全身《ぜんしん》にはひび割《わ》れができ、ついには血《ち》が流《なが》れだしてしまいました。

心優《こころやさ》しいオオアナムヂに救《すく》われた白《しろ》ウサギ

痛《いた》さと怖《こわ》さでウサギが泣《な》いていると、そこにオオアナムヂが通《とお》りかかります。兄弟《きょうだい》たちの荷物《にもつ》が重《おも》くて、歩《ある》くのが遅《おく》れていたのです。

「白《しろ》ウサギくん、どうしたの?」

オオアナムヂが尋《たず》ねると、白《しろ》ウサギは一部始終《いちぶしじゅう》

を話《はな》しました。

「わたしは大勢《おおぜい》の**サメ**にウソをついて呼《よ》び寄《よ》せて並《なら》べたら、その背中《せなか》を伝《つた》って海《うみ》を渡《わた》れると思《おも》ったのです。でも、途中《とちゅう》で騙《だま》されていることに気付《きづ》いて怒《おこ》ったサメに、皮《かわ》をはがされてしまいました。そこに、大勢《おおぜい》の神《かみ》さまが通《とお》りかかって、傷《きず》の治《なお》し方《かた》を教《おし》えてもらいましたが、言《い》われたとおりにすると、よけいにひどくなってしまったのです」

「君《きみ》はウソを教《おし》えられたんだよ」

オオアナムヂはそう言《い》って、正《ただ》しい治《なお》し方《かた》を教《おし》えてあげました。すっかり治《なお》ったウサギはオオアナムヂにこう予言《よげん》しました。

「ヤカミヒメと結婚《けっこん》するのは、あなたさまです」

ちなみにこのウサギ、実《じつ》はただのウサギではありません。今《いま》もウサギ神《がみ》として祭《まつ》られている神《かみ》さまなのです。

サメ…爬虫類《はちゅうるい》のワニとする説《せつ》もある。

07 失恋《しつれん》の腹《はら》いせでオオアナムヂは 兄弟《きょうだい》に何度《なんど》も殺《ころ》される

登場《とうじょう》する神《かみ》さま

- 大穴牟遅神《おおあなむちのかみ》
- 八上比売《やかみひめ》
- 大勢《おおぜい》の兄弟《きょうだい》
- 大穴牟遅神《おおあなむちのかみ》の母《はは》

兄弟《きょうだい》たちが下《くだ》した おそろしい仕打《しう》ち!

「あなた方《がた》と結婚《けっこん》する気《き》はありません!」大勢《おおぜい》の兄弟《きょうだい》たちからプロポーズされたヤカミヒメは、キッパリ断《ことわ》りました。

そして、こう宣言《せんげん》したのです。

「わたしはオオアナムヂと結婚《けっこん》します!」

ヤカミヒメにフラれた兄弟《きょうだい》たちは一様《いちよう》に怒《おこ》

りだします。

「なんということだ！」

「オオアナムチのやつ、許《ゆる》せん！」

やがて誰《だれ》かがこう言《い》いだしました。

「あんなやつ、殺《ころ》してしまおうぜ！」

すると、みんなも賛同《さんどう》しました。

「そうだ！　そうしよう！」

遅《おく》れてやって来《き》たオオアナムチは、兄弟《きょうだい》たちが自分《じぶん》の命《いのち》を狙《ねら》っていることなど知《し》る由《よし》もありません。

「今頃《いまごろ》来《き》て遅《おそ》すぎるぞ。おれたちはもう帰《かえ》るんだ」

叱《しか》られたオオアナムチは、口答《くちごた》えもせず、ふたたび大《おお》きな荷物《にもつ》を背負《せお》って、来《き》た道《みち》を引《ひ》き返《かえ》していきました。

因幡《いなば》から出雲《いずも》への帰《かえ》り道《みち》、兄弟《きょうだい》たちがオオ

アナムヂに声《こえ》をかけました。

「おい、オオアナムヂよ。この山《やま》には赤《あか》いイノシシが出《で》るそうだ。おれたちが山《やま》からそいつを追《お》い出《だ》すから、おまえは待《ま》ち構《かま》えていて、捕《つか》まえるんだ。いいな、絶対《ぜったい》逃《に》がすなよ。逃《に》がしたら、おまえを殺《ころ》してやるからな！」

オオアナムヂは言《い》われたとおりに待《ま》っていると、山《やま》の上《うえ》から大《おお》きな赤《あか》いイノシシが突進《とっしん》してきました。「えいやっ！」と、それを全身《ぜんしん》で受《う》けたオオアナムヂ。ところが、赤《あか》いイノシシに見《み》えたのは、真《ま》っ赤《か》に熱《ねっ》せられた大岩《おおいわ》だったのです！　オオアナムヂは押《お》しつぶされ、全身大《ぜんしんおお》やけどで死《し》んでしまいました。

兄弟《きょうだい》たちから逃《のが》れて 紀《き》の国《くに》へ

息子《むすこ》の死《し》を悲《かな》しんだオオアナムヂの母《はは》は、高天原《たかまのはら》に行《い》き、造《ぞう》化三神《かさんしん》の一柱《ひとはしら》であるカミムスヒに「息子《むすこ》を生《い》き返《かえ》らせてくださ

い」とお願《ねが》いしました。その願《ねが》いが聞《き》き入《い》れられて、オオアナムヂは復活《ふっかつ》！ ところが兄弟《きょうだい》たちの執念《しゅうねん》はそれでは終《お》わりませんでした。

兄弟《きょうだい》たちはオオアナムヂを騙《だま》して山《やま》に呼《よ》び出《だ》すと、勇気試《ゆうきだめ》しだといってまた罠《わな》にはめ、大木《たいぼく》で押《お》しつぶして殺《ころ》してしまったのです。

またしても息子《むすこ》を殺《ころ》されてしまった母《はは》は、オオアナムヂの体《からだ》をさすりながら、「死《し》んではダメよ、生《い》き返《かえ》りなさい！」と念《ねん》じました。すると、ふたたびオオアナムヂは復活《ふっかつ》。

「あれ、お母《かあ》さん。どうしたのです？」

のんきなことを言《い》う息子《むすこ》に、母《はは》は言《い》いました。

「兄弟《きょうだい》たちがあなたの命《いのち》を狙《ねら》っているのです。ここにいては危《あぶ》ないから、お逃《に》げなさい」

かくして、オオアナムヂは**紀《き》の国《くに》**へ逃《に》げることになったのです。

紀《き》の国《くに》…今《いま》の和歌山県《わかやまけん》と三重県南部《みえけんなんぶ》。

03 ピンチのオオアナムヂ 難《なん》題《だい》解《かい》決《けつ》は他《た》力《りき》本《ほん》願《がん》⁉

積《せっ》極《きょく》的《てき》なお姫《ひめ》さまと初《しょ》対《たい》面《めん》でラブラブに！

登場《とうじょう》する神《かみ》さま

大穴牟遅神《おおあなむぢのかみ》（葦原色許男《あしはらのしこお》）

大屋毘古神《おおやびこのかみ》

須佐之男命《すさのおのみこと》

須勢理毘売《すせりびめ》

逃《に》げるオオアナムヂを助《たす》けてくれたのは、樹木《じゅもく》や建物《たてもの》の神《かみ》さまである大屋毘古神《おおやびこのかみ》です。

「こっちへおいで」

オオヤビコが道案内《みちあんない》してくれたおかげで、オオアナムヂは深《ふか》い森《もり》の中《なか》を迷《まよ》わずに逃《に》げ切《き》ることができました。

「わたしが助《たす》けてあげられるのは、ここまで。あなたは根《ね》の国《くに》へ行《い》きなさい。そこにスサノオという神《かみ》がいて、力《ちから》になってくれるはずだから」

オオアナムヂはお礼《れい》を言《い》って、足早《あしばや》に根《ね》の国《くに》へと向《む》かいました。スサノオが暮《く》らす神殿《しんでん》に着《つ》くと、中《なか》から娘《むすめ》の須勢理毘売《すせりびめ》が出《で》てきました。積極的《せっきょくてき》なスセリビメは、オオアナムヂを見《み》るなり一目《ひとめ》ぼれ！ その場《ば》で愛《あい》を確《たし》かめ合《あ》って、夫婦《ふうふ》となったのです。そのことを知《し》ったスサノオは、オオアナムヂを見《み》て、こう言《い》いました。

「おまえなんか、『葦原色許男《あしはらのしこお》』だ！」

アシハラノシコオというのは、「地上《ちじょう》から来《き》た醜《みにく》い男《おとこ》」という意味《いみ》です。

スサノオの試練《しれん》でオオアナムヂはピンチに！

オオアナムヂは、ヘビがうようよいる部屋《へや》に閉《と》じ込《こ》められてしまいました。

そこに来《き》たスセリビメはこう言《い》い、ヘビの**領巾《ひれ》**を手渡《てわた》してくれました。

「この領布《ひれ》を3回《かい》振《ふ》ると、ヘビが嫌《いや》がって逃《に》げていきます。どうかご無事《ぶじ》で」

領布《ひれ》…古代《こだい》の女性《じょせい》が肩《かた》にかけていた細長《ほそなが》い布《ぬの》のこと。呪術的《じゅじゅつてき》な力《ちから》があると考《かんが》えられていたらしい。

この不思議《ふしぎ》な布《ぬの》のおかげで、オオアナムヂはヘビに噛《か》まれることなく、ぐっすり眠《ねむ》ることができました。

翌朝《よくあさ》、顔色《かおいろ》も良《よ》く元気《げんき》そうなオオアナムヂを見《み》たスサノオは、今度《こんど》はハチとムカデがいる部屋《へや》に閉《と》じ込《こ》めました。しかし、これもスセリビメが渡《わた》した道具《どうぐ》で、追《お》い払《はら》うことに成功《せいこう》！

スサノオの試練《しれん》はまだまだ終《お》わりません。今度《こんど》は野原《のはら》の中《なか》に矢《や》を放《はな》ち、オオアナムヂが取《と》りに向《む》かったところに火《ひ》をつけました。スセリビメもスサノオも、今回《こんかい》ばかりは無理《むり》だと思《おも》っていましたが、矢《や》を持《も》って帰《かえ》ってくるではありませんか。オオアナムヂはネズミに助《たす》けられ、火《ひ》の手《て》を逃《のが》れていたのです。スサノオは最後《さいご》に、「おれの髪《かみ》についた**シラミ**を取《と》れ」と命《めい》じました。オオアナムヂがスサノオの髪《かみ》をかき分《わ》けてみると、そこには

シラミ…体長《たいちょう》２～４ミリほどの昆虫《こんちゅう》で、動物《どうぶつ》に寄生《きせい》して血《ち》を吸《す》う。

シラミではなく、無数《むすう》のムカデが！

「どうしたものか…」と困《こま》っていると、またスセリビメが、**とんちを利《き》かせた策《さく》**を授《さず》けてくれました。

　スサノオが油断《ゆだん》して居眠《いねむ》りを始《はじ》めたので、オオアナムジはスサノオの髪《かみ》を建物《たてもの》にしばりつけ、スセリビメを背負《せお》って逃《に》げ出《だ》したのです。物音《ものおと》で目《め》覚《ざ》めたスサノオはふたりを追《お》いかけようとしましたが、建物《たてもの》にしばりつけられた髪《かみ》をなかなかほどくことができません。

　逃《に》げていくオオアナムヂとスセリビメに向《む》かって、スサノオは叫《さけ》びました。

「おい、若造《わかぞう》！　達者《たっしゃ》で暮《く》らせよ！　おまえは偉《い》大《だい》な国《くに》の主《あるじ》・オオクニヌシノカミになるんだ。宇《う》都志国玉神《つしくにたまのかみ》と名乗《なの》ってもいい。娘《むすめ》を大切《たいせつ》にしてやってくれ！」

とんちを利《き》かせた策《さく》…スセリビメは、椋《むく》の木《き》と赤土《はに》を嚙《か》んで吐《は》き出《だ》し、ムカデをかみ殺《ころ》したと勘違《かんちが》いさせるようオオアナムヂにアドバイスした。

04 味方《みかた》が常世《とこよ》の国《くに》へ帰《かえ》ってしまい オオクニヌシは独《ひと》りぼっち

登場《とうじょう》する神《かみ》さま

大国主神《おおくにぬしのかみ》
須勢理毘売《すせりびめ》
八上比売《やかみひめ》
少名毘古那神《すくなびこなのかみ》
大物主神《おおものぬしのかみ》

体《からだ》はミニサイズだけど 頼《たの》もしい相棒《あいぼう》

「オオクニヌシ」と呼《よ》ばれるようになったオオアナムヂは、スサノオのもとから逃《に》げるときにこっそり持《も》ってきた生大刀《いくたち》と生弓矢《いくゆみや》を使《つか》って、大勢《おおぜい》の兄弟《きょうだい》たちをこらしめ、地上《ちじょう》の世界《せかい》の王《おう》になりました。

オオクニヌシはこうしてイザナキとイザナ

ミが造《つく》った地上《ちじょう》の世界《せかい》（葦原《あしはら》の中《なか》つ国《くに》）を統《とう》一《いつ》した最初《さいしょ》の神《かみ》さまとなりました。

オオクニヌシは、スサノオとの約束通《やくそくどお》りスセリビメを第一《だいいち》の妻《つま》にしました。ただ、モテモテだったオオクニヌシは、因幡《いなば》のヤカミヒメを第二《だいに》の妻《つま》にするだけでなく、「国《くに》を治《おさ》めるため」と言《い》っては地方《ちほう》に出《で》かけ、その先々《さきざき》で妻《つま》を得《え》ました。そして、たくさんの子《こ》どもをもうけたのです。

ある日《ひ》、オオクニヌシが海辺《うみべ》に出《で》て、「この葦原《あしはら》の中《なか》つ国《くに》をどう発展《はってん》させていこうか」と考《かんが》えていると、小《ちい》さな舟《ふね》が見《み》えました。そこに乗《の》っていたのは、体《からだ》のちっちゃな神《かみ》さまの**少名毘古那神《すくなびこなのかみ》**です。

オオクニヌシとスクナビコナは仲良《なかよ》くなり、力《ちから》を合《あ》わせて国《くに》を豊《ゆた》かにしていきました。

相棒《あいぼう》を失《うしな》ってクヨクヨするオオクニヌシ

ところが、スクナビコナが常世《とこよ》の国《くに》に帰《かえ》る日《ひ》が来《き》てしまいました。

相棒《あいぼう》を見送《みおく》ったオオクニヌシは、こう呟《つぶや》きました。

「これから先《さき》、わたしだけでどうしよう……。心細《こころぼそ》いなぁ。誰《だれ》か新《あたら》しい相棒《あいぼう》になってくれないかな」

めそめそしながらスクナビコナと出会《であ》った海辺《うみべ》に出《で》て、あのときと同《おな》じように考《かんが》え事《ごと》をしていると、海《うみ》の向《む》こうに光《ひかり》が。しかもだんだん近《ちか》づいてくるではありませんか。

「あなたは誰《だれ》?」

オオクニヌシが聞《き》くと、光《ひか》り輝《かがや》く相手《あいて》は自信《じしん》マンマンな様子《ようす》で言《い》いました。

「わたしのことを大切《たいせつ》に祭《まつ》ってくれるなら、力《ちから》を貸《か》してあげてもいいよ。たぶん、わたしと一緒《いっしょ》でないと、あなたは成功《せいこう》しないと思《おも》うし」

そして、自分《じぶん》のことをこう言《い》いました。

「大和《やまと》の地《ち》の、東《ひがし》の山《やま》の上《うえ》にお祭《まつ》りしなさい」

そのキラキラ光《ひか》る神《かみ》さまの正体《しょうたい》は、**大和《やまと》の国《くに》の三輪山《みわやま》**の「大物主神《おおものぬしのかみ》」だったのです。

少名毘古那神《すくなびこなのかみ》…造化三神《ぞうかさんしん》の一柱《ひとはしら》、カミムスヒの子《こ》ども。体《からだ》が小《ち》さすぎて、カミムスヒの手指《てゆび》の間《あいだ》からこぼれて地上《ちじょう》に落《お》ちたと言《い》われる。

オオクニヌシがオオモノヌシを大《たい》切《せつ》に祭《まつ》ると、葦原《あしはら》の中《なか》つ国《くに》はいよいよ豊《ゆた》かに発展《はってん》していきました。

さて、このオオモノヌシという神《かみ》さまは、現在《げんざい》も奈良県《ならけん》にある三輪山《みわやま》の大神神社《おおみわじんじゃ》に祭《まつ》られています。三輪《みわ》山《やま》そのものがご神体《しんたい》なので、大神神《おおみわじん》社《じゃ》に本殿《ほんでん》はありません。三輪山《みわやま》は、古《ふる》くから神《かみ》の鎮《しず》まる山《やま》として、人々《ひとびと》の信仰《しんこう》を集《あつ》めていました。

三輪山《みわやま》がある地域《ちいき》には、ヤマトタケルの父《ちち》である景行天皇陵《けいこうてんのうりょう》などがあります。大和王権《やまとおうけん》の始《はじ》まりの地《ち》の候《こう》補《ほ》地でもある纏向遺跡《まきむくいせき》もこの辺《あた》り。『古事記《こじき》』に縁《えん》が深《ふか》い地域《ちいき》なのです。

大和《やまと》の国《くに》の三輪山《みわやま》…奈良県桜井市《ならけんさくらいし》にある山《やま》。ふもとには大神神社《おおみわじんじゃ》があり、三輪山《みわやま》そのものをご神体《しんたい》として崇《あが》めている。

05 アマテラスの息子《むすこ》たちは 地上《ちじょう》の国《くに》へ行《い》けない!?

恐《こわ》がりな長男《ちょうなん》と 楽天家《らくてんか》の次男《じなん》

オオクニヌシの国造《くにづく》りは順調《じゅんちょう》に進《すす》んでいました。ところが、それを高天原《たかまのはら》から、じっと見《み》ていた神《かみ》さまがいます。アマテラスです。「オオクニヌシが国土《こくど》を立派《りっぱ》に造《つく》ったようだけど、あの国《くに》の王《おう》になるのは、アメノオシホミミ、あなたなのよ」

登場《とうじょう》する神《かみ》さま

- 天照大神《あまてらすおおみかみ》
- 大国主神《おおくにぬしのかみ》
- 天忍穂耳尊《あめのおしほみみのみこと》
- 思金神《おもいかねのかみ》
- 天之菩卑能命《あまのほひのかみ》
- 天若日子《あめのわかひこ》
- 下照比売《したてるひめ》

そう言《い》って、アマテラスは長男《ちょうなん》のアメノオシホミミを地上《ちじょう》へとやりました。アメノオシホミミの正式《せいしき》な名前《なまえ》は、「正勝《まさかつ》吾《あ》勝《かつ》勝《かち》速《はや》日《ひ》天《あめの》忍《おし》穂《ほ》耳命《みみのみこと》」です。そう、アマテラスとスサノオが「ウケイ対決《たいけつ》」をしたときに、アマテラスの玉飾《たまかざ》りから生《う》まれた五柱《いつはしら》の男神《おがみ》の一番目《いちばんめ》の神《かみ》さまです。

「しっかりやるのよ！」

　アマテラスに送《おく》りだされたアメノオシホミミでしたが、天《あめ》の浮《う》き橋《はし》の途中《とちゅう》で怖《こわ》くなって、引《ひ》き返《かえ》してきてしまいました。

「下界《げかい》がザワザワしてる！　あんな怖《こわ》そうなところには、ぼく行《い》けないよ」

　アメノオシホミミが地上《ちじょう》の国《くに》に行《い》けないと言《い》うので、仕方《しかた》がないので、アマテラスは知《ち》恵《え》の神《かみ》、オモイカネを呼《よ》んで相談《そうだん》しました。

「下界《げかい》には暴《あば》れん坊《ぼう》の神《かみ》さまが大勢《おおぜい》いるみたい。静《しず》かにさせたいんだけど、誰《だれ》を遣《つか》わすのが良《よ》いかしら？」

オモイカネは八百万《やおよろず》の神々《かみがみ》に相談《そうだん》して答《こた》えました。

「二男《じなん》の天菩比神《あめのほひのかみ》さまが良《よ》いでしょう」

オオクニヌシの跡継《あとつ》ぎになった策略家《さくりゃくか》のアメノワカヒコ

さて、地上《ちじょう》に遣《つか》わされたアメノホヒですが、3年《ねん》経《た》っても報告《ほうこく》に戻《もど》ってきません。というのも、オオクニヌシに「国《くに》を渡《わた》せ」と言《い》いに行《い》ったはずのアメノホヒが、逆《ぎゃく》にオオクニヌシを慕《した》ってしまったからです。

「これではらちが明《あ》かないので別《べつ》の使者《ししゃ》を送《おく》ります」

しびれを切《き》らしたアマテラスは、ふたたびオモイカネに相談《そうだん》し、次《つぎ》は天若日子《あめのわかひこ》を地上《ちじょう》にやることに。また、タカミムスヒは、アメノワカヒコを地上《ちじょう》に送《おく》りだすとき、**弓《ゆみ》と矢《や》**を持《も》たせました。

ところが……！　アメノワカヒコはあろうことか、オオクニヌシと宗像《むなかた》の女神《めがみ》である多紀《たき》

弓《ゆみ》と矢《や》…シカをよく仕留《しと》めることができる天《あま》のマカコ弓《ゆみ》と、大蛇《だいじゃ》さえも簡単《かんたん》に殺《ころ》せる天《あま》のハハ矢《や》のこと。

理《り》毘売命《ひめのみこと》の娘《むすめ》、下照比売《したてるひめ》に一目《ひとめ》ぼれ。彼女《かのじょ》と結婚《けっこん》して、オオクニヌシに婿入《むこい》りしてしまったのです。

「一目《ひとめ》ぼれでついつい結婚《けっこん》しちゃったけど、わざわざオオクニヌシにケンカを売って危《あぶ》ない目《め》を見《み》るより、娘《むすめ》のシタテルヒメと結婚《けっこん》して跡継《あとつ》ぎになってしまった方《ほう》が安全《あんぜん》。そうすれば、葦原《あしはら》の中《なか》つ国《くに》はいずれ、ぼくのものになるし。実《じつ》にスマートでかしこいやり方《かた》でしょ。アメノオシホミミなどに渡《わた》さないよ」

そう考《かんが》えたのです。アメノワカヒコは結局《けっきょく》、8年《ねん》経《た》っても高天原《たかまのはら》に連絡《れんらく》せず、アマテラスを無視《むし》し続《つづ》けました。

06 野心《やしん》のために命《いのち》を落《お》とした アメノワカヒコ

アマテラスが送《おく》った 3度目《どめ》の使者《ししゃ》とは？

「アメノワカヒコまで連絡《れんらく》してこないなんて！　いったい地上《ちじょう》で何《なに》をしているの!?」

業《ごう》を煮《に》やしたアマテラスは、地上《ちじょう》の様子《ようす》を探《さぐ》るため、3度目《どめ》の使者《ししゃ》を送《おく》ることにしました。

すっかりアマテラスの相談役《そうだんやく》に

登場《とうじょう》する神《かみ》さま

- 天照大神《あまてらすおおみかみ》
- 思金神《おもいかねのかみ》
- 天若日子《あめのわかひこ》
- 鳴女《なきめ》
- 天佐具売《あまのさぐめ》
- 高御産巣日神《たかみむすひのかみ》

なってしまったオモイカネは、改《あらた》めて八百万《やおよろず》の神々《かみがみ》と話《はな》し合《あ》い、今《いま》までとはちがう答《こた》えをアマテラスに伝《つた》えました。

「鳴女《なきめ》という**キジ**を遣《つか》わしてみるというのは、どうでしょうか。ナキメは高《たか》い声《こえ》でよくしゃべるので、伝達役《でんたつやく》にはちょうどよいと思《おも》います」

アマテラスはさっそくナキメをそばに呼《よ》んで、ことづけをしました。

「地上《ちじょう》の国《くに》へ行《い》って、アメノワカヒコに尋《たず》ねて来《き》てちょうだい。『どうして8年《ねん》も連絡《れんらく》を寄《よ》こさないの？』『葦原《あしはら》の中《なか》つ国《くに》の神々《かみがみ》を静《しず》かにさせて、支配《しはい》するという大切《たいせつ》な役目《やくめ》はどうなったの？』と。しっかり聞《き》いてきてね」

「お任《まか》せあれ！　必《かなら》ずアマテラスさまのお役《やく》に立《た》ってみせます」

使命感《しめいかん》に燃《も》えて、重要《じゅうよう》な任務《にんむ》を受《う》けたナキメは、高天原《たかまのはら》を飛《と》び立《た》ちました。

キジ…キジ科《か》の大型《おおがた》の鳥《とり》。オスの体長《たいちょう》は70～80センチで、尾羽《おばね》は40センチくらいある。

自分《じぶん》が放《はな》った矢《や》が自分《じぶん》に返《かえ》ってきて……

葦原《あしはら》の中《なか》つ国《くに》にあるアメノワカヒコの家《いえ》に着《つ》いたナキメは、庭《にわ》にある木《き》に降《お》り立《た》ちました。そして、アマテラスに言《い》われた通《とお》り、「どうして8年《ねん》も連絡《れんらく》を寄《よ》こさないのか？」「葦原《あしはら》の中《なか》つ国《くに》の神々《かみがみ》を静《しず》かにさせて、支配《しはい》するという大切《たいせつ》な役目《やくめ》はどうなったのか？」と鳴《な》きました。

声《こえ》を聞《き》きつけて顔《かお》を出《だ》したのは、天佐具売《あまのさぐめ》です。地上《ちじょう》の人《ひと》には単《たん》なるキジの鳴《な》き声《こえ》にしか聞《き》こえないナキメの声《こえ》も、サグメには何《なん》と言《い》っているかわかります。一瞬《いっしゅん》ですべてを理解《りかい》したサグメは、家《いえ》に戻《もど》ってアメノワカヒコにこう忠告《ちゅうこく》しました。

「あのキジは不吉《ふきつ》な声《こえ》で鳴《な》いているから殺《ころ》したほうがいいですよ」

「よし、わかった」

そう答《こた》えたアメノワカヒコは、天界《てんかい》から持《も》ってきた弓《ゆみ》と矢《や》で、ナキメを射殺《いころ》してしまったのです。放《はな》たれた矢《や》は、ナキメの体《からだ》を貫通《かんつう》して、高天原《たかまのはら》まで飛《と》んで行《い》き、タカミムスヒのいる所《ところ》に落《お》ちました。

「この矢《や》はわたしがアメノワカヒコに与《あた》えたもの。あいつは使命《しめい》を果《は》たしているのだろうか。試《ため》してみよう。もし、邪悪《じゃあく》な心《こころ》を持《も》っているなら、この矢《や》に当《あ》たってしまえ」

タカミムスヒは、その矢《や》を力《ちから》いっぱい地上《ちじょう》へ投《な》げ返《かえ》したのです。ヒューンッと飛《と》んだ矢《や》は、寝《ね》ているアメノワカヒコの胸《むね》にグサリ！

アメノワカヒコは、オオクニヌシの跡継《あとつ》ぎになって葦原《あしはら》の中《なか》つ国《くに》を支配《しはい》するという野望《やぼう》を叶《かな》えることなく、若《わか》くして死《し》んでしまったのです。

07 タケミカヅチにこてんぱんにやられるタケミナカタ

血《ち》の気《け》の多《おお》いタケミナカタがタケミカヅチに食《く》ってかかる！

アメノワカヒコが死《し》んで地上《ちじょう》に使者《ししゃ》がいなくなったので、アマテラスはまたオモイカネに相談《そうだん》し、建御雷之男神《たけみかづちのおのかみ》を行《い》かせることにしました。タケミカヅチは、鋭《するど》い剣《けん》の神《かみ》さま**天之尾羽張神**《あめのおはばりのかみ》の子《こ》どもなので、オオクニヌシにも負《ま》けないと思《おも》ったからです。

天之尾羽張神《あめのおはばりのかみ》…イザナミの命《いのち》を奪《うば》った火《ひ》の神《かみ》を、イザナキが切《き》り殺《ころ》したときに使《つか》った剣《けん》から生《う》まれた神《かみ》さま。

登場《とうじょう》する神《かみ》さま

- 天照大神《あまてらすおおみかみ》
- 大国主神《おおくにぬしのかみ》
- 建御雷之男神《たけみかづちのおのかみ》
- 建御名方神《たけみなかたのかみ》

地上《ちじょう》に降《お》り立《た》ったタケミカヅチは、十拳剣《とつかつるぎ》を抜《ぬ》いて逆《さか》さにさし、その上《うえ》に座《すわ》って、オオクニヌシに言《い》いました。

「わたしはアマテラスさまの遣《つか》いでやって来《き》た。葦原《あしはら》の中《なか》つ国《くに》はアメノオシホミミさまが治《おさ》めることになっている。さっさとよこしなさい！」

　そのとき、騒《さわ》ぎを聞《き》きつけ、肩《かた》を怒《いか》らせて乗《の》り込《こ》んで来《き》たのがオオクニヌシの息子《むすこ》で、とても気性《きしょう》の荒《あら》い建御名方神《たけみなかたのかみ》です。タケミナカタはタケミカヅチに近《ちか》づくと、いきなりケンカを吹《ふ》っかけました。

「やい！　おれと勝負《しょうぶ》しろ!!」

　とても大《おお》きな岩《いわ》を片手《かたて》で持《も》って強《つよ》さをアピールしながら、タケミカヅチはタケミナカタに迫《せま》ったのです。

情《なさ》け容赦《ようしゃ》なく相手《あいて》をボコるタケミカヅチ

タケミカヅチは動《どう》じることなく応《おう》じます。

「どこからでもかかって来《き》なさい」

タケミカヅチのことを完全《かんぜん》に見《み》くびっているタケミナカタは、タケミカヅチの手《て》を強《つよ》く握《にぎ》りました。

「握《にぎ》りつぶしてやる！」

ところが、その瞬間《しゅんかん》……

「ギャアッッッ！」

大《おお》きな声《こえ》をあげて、タケミナカタが後《あと》ずさり。

何《なに》が起《お》こったのかというと、タケミカヅチが自分《じぶん》の手《て》を剣《けん》に変《か》えたのです。彼《かれ》もまた、父《ちち》から鋭《するど》い剣《けん》の神力《しんりき》を引《ひ》き継《つ》いでいたのです。

「今度《こんど》はおれが攻《せ》める番《ばん》だな」

タケミカヅチは、ニヤリと不敵《ふてき》に笑《わら》いました。

「悪《わる》い相手《あいて》にケンカを売《う》ってしまった……」

タケミナカタは後悔《こうかい》しましたが、後《あと》の祭《まつ》り。タケミカヅチはぶるぶる震《ふる》えるタケミナカタを捕《つか》まえて、ボッコボコにしてしまったのです。タケミナカタは降参《こうさん》し、土下座《どげざ》をして命乞《いのちご》いをしました。

「ごめんなさい！　わたしが悪《わる》かったです。あなたの言《い》うことを何《なん》でも聞《き》きます！」

息子《むすこ》の敗北《はいぼく》を見届《みとど》けたオオクニヌシは国譲《くにゆず》りを決断《けつだん》し、**出雲大社**《いずもおおやしろ》に鎮座《ちんざ》することを約束《やくそく》します。

こうしてタケミカヅチは葦原《あしはら》の中《なか》つ国《くに》を手《て》に入《い》れたのです。その報《しら》せを聞《き》いたアマテラスは、手《て》を打《う》って喜《よろこ》びました。

「いろいろあったけど、これでやっとアメノオシホミミを地上《ちじょう》に行《い》かせることができる」

出雲大社《いずもおおやしろ》…島根県《しまねけん》にある神社《じんじゃ》。主祭神《しゅさいしん》はオオクニヌシ。現在《げんざい》は、縁結《えんむす》びの神《かみ》、福《ふく》の神《かみ》として知《し》られている。

COLUMN 3

秋《あき》には全国《ぜんこく》の神《かみ》さまたちが集《あつ》まる オオクニヌシを祭《まつ》る出雲大社《いづもおおやしろ》

出雲大社《いづもおおやしろ》は、島根県出雲市《しまねけんいずもし》にある神社《じんじゃ》です。一般的《いっぱんてき》には「いずもたいしゃ」と呼《よ》ばれることが多《おお》いのですが、正式《せいしき》には「いづもおおやしろ」と呼《よ》びます。オオクニヌシがアマテラスに国譲《くにゆず》りをしたとき「千木《ちぎ》が高天原《たかまのはら》に届《とど》くほど高《たか》い宮殿《きゅうでん》を建《た》ててほしい」とお願《ねが》いしたことから建《た》てられた神社《じんじゃ》だと言《い》われています。

ところで、みなさんは10月《がつ》のことを「神無月《かんなづき》」と呼《よ》ぶことを知《し》っていますか？　一説《いっせつ》には「全国《ぜんこく》から神《かみ》さまが出雲《いずも》に集《あつ》まってきて1年《ねん》のことを話《はな》し合《あ》うため、出雲以外《いずもいがい》には神《かみ》さまがいなくなる」ことから「神《かみ》が無《な》い月《つき》」と表《あらわ》すようになったと言《い》われています。そのため、出雲《いずも》では10月《がつ》のことを「神在月《かみありづき》」と呼《よ》ぶのです。出雲大社《いづもおおやしろ》では、神在月《かみありづき》に神《かみ》さまを迎《むか》える祭事《さいじ》が行《おこな》われます。

出雲大社《いづもおおやしろ》の見所《みどころ》は、超巨大《ちょうきょだい》サイズのしめ縄《なわ》。拝殿《はいでん》の西側《にしがわ》にある神楽殿《かぐらでん》という建物《たてもの》にかけられているしめ縄《なわ》は、長《なが》さが約《やく》13m、重《おも》さは約《やく》4トンもあります。これは、「大黒締《だいこくじ》め」と呼《よ》ばれる珍《めずら》しい技法《ぎほう》で造《つく》られています。

第《だい》4章《しょう》

天孫降臨《てんそんこうりん》した ニギとその子孫《しそん》

01 アマテラスの孫《まご》地《ち》上《じょう》に降《こう》臨《りん》！

登場《とうじょう》する神《かみ》さま

天照大神《あまてらすおおみかみ》
天忍穂耳尊《あめのおしほみみのみこと》
邇邇芸命《ににぎのみこと》
天宇受売命《あめのうずめのみこと》

結局《けっきょく》、地上《ちじょう》に行《い》かないアメノオシホミミ

事《こと》が思《おも》い通《どお》りに進《すす》んでホクホク顔《かお》のアマテラスが、アメノオシホミミを呼《よ》び出《だ》して言《い》いました。

「ようやく地上《ちじょう》がおとなしくなったので、あなたの出番《でばん》よ。思《おも》う存分《ぞんぶん》、葦原《あしはら》の中《なか》つ国《くに》で力《ちから》を発揮《はっき》してきなさい」

ところが、アメノオシホミミは地上行《ちじょうい》きをしぶります。

「子《こ》どもが生《う》まれちゃったんだよね。だから、地上《ちじょう》にはその子《こ》に行《い》かせるよ」

その子《こ》の名《な》は「天邇岐志国邇岐志天津日高日子番能邇邇芸命《あめにきしくににきしあまつひこひこほのににぎのみこと》」という呪文《じゅもん》のような、やや

こしい名前《なまえ》でした。舌《した》を噛《か》んではいけないので、ここではニニギと呼《よ》ぶことにします。

アマテラスは、葦原《あしはら》の中《なか》つ国《くに》の支配《しはい》をニニギに任《まか》せることに賛成《さんせい》しました。

「さあ、お行《ゆ》きなさい。わたしのカワイイ孫《まご》よ」

「わかりました！　おばあちゃま！」

ニニギは元気《げんき》よく返事《へんじ》をし、地上《ちじょう》に向《む》かう準備《じゅんび》を始《はじ》めました。

アマテラス（天照《あまてらす》）の孫《まご》、つまり「天孫《てんそん》」であるニニギが地上《ちじょう》に「降臨《こうりん》」したので、この出来事《できごと》を「天孫降臨《てんそんこうりん》」と言《い》います。

ニニギの天孫降臨《てんそんこうりん》と伊勢神宮《いせじんぐう》の由来《ゆらい》

複数《ふくすう》の神《かみ》さまをお供《とも》にして、ニニギが地上《ちじょう》に降臨《こうりん》するときが来《き》ました。アマテラスは、3つの宝《たから》をニニギに託《たく》して命《めい》じます。

「これを大切《たいせつ》に祭《まつ》りなさい」

3つの宝《たから》とは、天《あま》の岩屋《いわや》からアマテラスを誘《さそ》い出《だ》すときに使《つか》われた「鏡《かがみ》」と「勾玉《まがたま》」、そして、スサノオがヤマタノオロチの中《なか》から見《み》つけた「草薙剣《くさなぎのつるぎ》」です。

高天原《たかまのはら》から地上《ちじょう》に向《む》かう途中《とちゅう》の分《わ》かれ道《みち》まで来《き》たとき、不思議《ふしぎ》な強《つよ》い光《ひかり》が道《みち》を照《て》らしていました。お供《とも》の中《なか》にいた**アメノウズメ**が、大胆《だいたん》にも光《ひかり》に近《ちか》づき、何者《なにもの》なのかを問《と》いました。

「葦原《あしはら》の中《なか》つ国《くに》に住《す》む**猿田毘古神《さるたびこのかみ》**と申《もう》します。地《ち》

アメノウズメ…アマテラスが天《あま》の岩屋《いわや》に隠《かく》れた際《さい》に、岩屋《いわや》の前《まえ》で踊《おど》った女神《めがみ》。

猿田毘古神《さるたびこのがみ》…『日本書紀《にほんしょき》』には、サルタビコは鼻《はな》が長《なが》く、目《め》が赤《あか》く光《ひか》り輝《かがや》いていると記《しる》されている。

上《じょう》までの道案内《みちあんない》に参《まい》りました」

その光《ひかり》はそう答《こた》えたのです。

サルタビコに導《みちび》かれたニニギたちは、**筑紫《ちくし》の高千穂《たかちほ》**に降臨《こうりん》。その地《ち》を気《き》に入《い》ったニニギは、そこに宮殿《きゅうでん》を建《た》てることにしました。そして、アメノウズメを呼《よ》び、言《い》いました。

「サルタビコには大変《たいへん》お世話《せわ》になった。お役目《やくめ》が終《お》わったので帰《かえ》っていただきなさい。そなたが送《おく》ってあげるとよいだろう」

アメノウズメはその言《い》いつけどおり、サルタビコを伊勢《いせ》まで送《おく》り届《とど》けました。

その後《ご》、ニニギはアマテラスから授《さず》かった「鏡《かがみ》」を**伊勢神宮《いせじんぐう》**に祭《まつ》りました。伊勢神宮《いせじんぐう》がいつの時代《じだい》も変《か》わらずに多《おお》くの人々《ひとびと》の崇拝《すうはい》を集《あつ》めているのは、この鏡《かがみ》にアマテラスの魂《たましい》が宿《やど》っているからなのです。

筑紫《ちくし》の高千穂《たかちほ》…筑紫《ちくし》は九州《きゅうしゅう》のこと。高千穂《たかちほ》は宮崎県西臼杵郡高千穂町《みやざきけんにしうすきぐんたかちほちょう》。
伊勢神宮《いせじんぐう》…三重県伊勢市《みえけんいせし》にある神宮《じんぐう》。

02 美人《びじん》には優《やさ》しく ブスには冷《つめ》たいニニギ

美《うつく》しい女神《めがみ》に ハートを射抜《いぬ》かれたニニギ

高千穂《たかちほ》の宮殿《きゅうでん》で暮《く》らし始《はじ》めたニニギは、ある日《ひ》、**笠沙《かささ》の岬《みさき》**に出《で》かけました。そのとき、美《うつく》しい乙女《おとめ》を見《み》つけて、声《こえ》をかけました。

「おまえはどこの娘《むすめ》だ？」

すると、娘《むすめ》は恥《は》ずかしそうにしながらも、こう答《こた》えました。

「わたしは山《やま》の神《かみ》である大山津見神《おおやまつみのかみ》の娘《むすめ》で、木花佐久夜毘売《このはなさくやびめ》と申《もう》します」

この時代《じだい》、男性《だんせい》から名前《なまえ》を聞《き》かれるということは、結婚《けっこん》を申《もう》し込《こ》まれるのと同《おな》じこと。そして、それに女性《じょせい》が返答《へんとう》することは「ＯＫ」と応《おう》じるのと同《おな》じ意味《いみ》でした。

登場《とうじょう》する神《かみ》さま

- 邇邇芸命《ににぎのみこと》
- 木花佐久夜毘売《このはなさくやびめ》
- 石長比売《いわながひめ》
- 大山津見神《おおやまつみのかみ》

笠沙《かささ》の岬《みさき》…鹿児島県南《かごしまけんみなみ》さつま市《し》の野間岬《のまみさき》のこと。

ニニギは結婚《けっこん》の許《ゆる》しをもらうため、コノハナサクヤビメの家《いえ》に使者《ししゃ》を送《おく》りました。立派《りっぱ》な神《かみ》さまから正式《せいしき》にプロポーズされたオオヤマツミは、「これ幸《さいわ》い」と二《ふた》つ返事《へんじ》でOK。お祝《いわ》いの品物《しなもの》と一緒《いっしょ》にコノハナサクヤビメとその姉《あね》の石長比売《いわながひめ》をニニギのもとにやることにしたのです。

「誰《だれ》だよこのブス！　こんなやつ、呼《よ》んだおぼえはないぞ。帰《かえ》れ！」

イワナガヒメを見《み》た途端《とたん》、ニニギはこう言《い》い、冷《つめ》たくイワナガヒメを追《お》い返《かえ》してしまったのです。実《じつ》は、イワナガヒメは、とても美《うつく》しい見《み》た目《め》の妹《いもうと》とは対照的《たいしょうてき》に、あまり美《うつく》しくなかったのです。

イワナガヒメを邪険《じゃけん》にした結果《けっか》 ニニギの運命《うんめい》は……

傷《きず》ついて泣《な》きながら実家《じっか》に帰《かえ》ってきたイワナガヒメを見《み》て、父《ちち》であるオオヤマツミは優《やさ》しく聞《き》きました。

「そんなに泣《な》いてどうしたんだい。何《なに》があったのか話《はな》してごらん」

イワナガヒメはしゃくりあげながら、こう告白《こくはく》。

「ニニギさまはブスは嫌《きら》いだと言《い》って、わたしを家《いえ》に入《い》れてくださらなかったの」

ちょうどその頃《ころ》、ニニギはイワナガヒメのことはさっぱり忘《わす》れて、美《うつく》しいコノハナサクヤビメと結婚《けっこん》できたのがうれしくて、一緒《いっしょ》の布団《ふとん》で、イチャイチャしていました。

一夜《いちや》が明《あ》けて、朝《あさ》が来《き》ました。オオヤマツミの

使者《ししゃ》が来《き》て、ニニギにオオヤマツミからの言葉《ことば》を伝《つた》えました。

「せっかくふたりの娘《むすめ》を差《さ》し上《あ》げたのに、イワナガヒメだけ追《お》い返《かえ》すとはどうしたことでしょう。イワナガヒメは、『岩《いわ》のように永遠《えいえん》に変《か》わらない』という意味《いみ》で名《な》づけました。この娘《むすめ》と結婚《けっこん》していれば、あなたもあなたの子孫《しそん》たちも永遠《えいえん》に健康《けんこう》で暮《く》らせたでしょう。コノハナサクヤビメは、『桜《さくら》の花《はな》が満開《まんかい》になるように栄《さか》える』という意味《いみ》です。あなたはこの先《さき》、栄《さか》えるに違《ちが》いありません。しかし、桜《さくら》の花《はな》はパッと咲《さ》いて、サッと散《ち》ってしまうものです……。あなたの命《いのち》も、あなたの子孫《しそん》の命《いのち》も、花《はな》のようにはかなく散《ち》るようになることでしょう」

ニニギの子孫《しそん》である今《いま》の天皇《てんのう》たちが永遠《えいえん》の命《いのち》を持《も》たないのは、こういう理由《りゆう》からなのです。

03 コノハナサクヤビメの壮絶《そうぜつ》な出産《しゅっさん》！

妻《つま》の浮気《うわき》を疑《うたが》う身勝手《みがって》なニニギ

たった一晩《ひとばん》の共寝《ともね》をしただけで、コノハナサクヤビメは懐妊《かいにん》しました。

「ニニギさま、わたしのお腹《なか》にはあなたの子《こ》がいます。高貴《こうき》な天《あま》つ神《かみ》の子《こ》どもなのだから、ちゃんとお伝《つた》えしなきゃと思《おも》っていたのです」

そう嬉《うれ》しそうに報告《ほうこく》する妻《つま》に向《む》かって、ニニギが発《はっ》したひと言《こと》は、耳《みみ》を疑《うたが》うほどひどいものでした。

「それって、おれの子《こ》？　たった一晩《ひとばん》しか一緒《いっしょ》に寝《ね》てないのに？　ホントはこっそり浮気《うわき》でもして、ほかの**国《くに》つ神《かみ》**の子《こ》どもを妊娠《にんしん》したんじゃないの？」

疑《うたが》いをかけられたコノハナサクヤビメは、特《とく》に驚《おどろ》きもせず、平然《へいぜん》と落《お》ち着《つ》いていました。

登場《とうじょう》する神《かみ》さま

- 邇邇芸命《ににぎのみこと》
- 木花佐久夜毘売《このはなさくやびめ》
- 火照命《ほでりのみこと》
- 火須勢理命《ほすせりのみこと》
- 火遠理命《ほおりのみこと》

国《くに》つ神《がみ》…高天原《たかまのはら》ではなく、地上《ちじょう》に住《す》む神《かみ》さまたちのこと。オオクニヌシやサルタビコが当《あ》てはまる。

炎上《えんじょう》する家《いえ》の中《なか》で命《いのち》がけの出産《しゅっさん》

「あなたがそう言《い》うなら、ウケイをしましょう。無事《ぶじ》にこの子《こ》が生《う》まれたら、あなたの子《こ》だったということ。無事《ぶじ》に生《う》まれなければ、あなたの子《こ》ではなかったということでしょう」

そう言《い》うと、コノハナサクヤビメは出産《しゅっさん》の準備《じゅんび》に入《はい》りました。

窓《まど》のない小屋《こや》を作《つく》らせて、そこにこもると、土《つち》で入《い》り口《ぐち》を塗《ぬ》り固《かた》めました。その上《うえ》で、小屋《こや》に火《ひ》をつけさせたのです！

瞬《またた》く間《ま》にメラメラと燃《も》え上《あ》がる炎《ほのお》。もう消《け》し止《と》めることなどできません。その炎《ほのお》の中《なか》で、コノハナサクヤビメは三柱《みはしら》の子《こ》を生《う》

みました。
最初《さいしょ》に生《う》まれたのが、炎《ほのお》が燃《も》え上《あ》がったときの子《こ》どもである火照命《ほでりのみこと》、次《つぎ》が炎《ほのお》が弱《よわ》くなったときの子《こ》どもである火須勢理命《ほすせりのみこと》、最後《さいご》が火《ひ》が消《き》えたときの子《こ》どもである火遠理命《ほおりのみこと》です。見事《みごと》に三神《さんしん》を産《う》み落《お》としたことで、コノハナサクヤビメはウケイに勝《か》ち、身《み》の潔白《けっぱく》を証明《しょうめい》しました。ちなみに三男《さんなん》のホオリは、初代天皇《しょだいてんのう》の神武天皇《じんむてんのう》の祖父《そふ》にあたり、正式《せいしき》の名《な》は「天津日高日子穂穂手見命《あまつひこひこほほでみのみこと》」といいます。

ニニギとコノハナサクヤビメのその後《ご》

ニニギとコノハナサクヤビメのお話《はな》しはここでおしまい。この後《あと》は、彼《かれ》らの子孫《しそん》たちのお話《はな》しです。

天孫降臨《てんそんこうりん》という大役《たいやく》を果《は》たしたニニギは、現在《げんざい》

は鹿児島県《かごしまけん》の新田神社《にったじんじゃ》の主祭神《しゅさいじん》になっています。お墓《はか》は、社殿《しゃでん》の裏山《うらやま》の可愛山陵《えのさんりょう》です。これは、お墓《はか》と神社《じんじゃ》が一体《いったい》になっている、日本《にほん》でもめずらしいかたちです。ニニギはほかにも、農業《のうぎょう》の神様《かみさま》として宮崎県《みやざきけん》の高千穂神社《たかちほじんじゃ》、鹿児島県《かごしまけん》の霧島神宮《きりしまじんぐう》などに祭《まつ》られています。

コノハナサクヤビメの本名《ほんみょう》は神阿多都比売《かむあたつひめ》といいます。「アタ」とは鹿児島県南部《かごしまけんなんぶ》の古《ふる》い地名《ちめい》のことです。そんなコノハナサクヤビメは現在《げんざい》、静《しず》岡県《おかけん》にある富士山本宮浅間大社《ふじさんほんぐうせんげんたいしゃ》の主祭神《しゅさいじん》です。ここは、富士山《ふじさん》をご神体《しんたい》とする神社《じんじゃ》で、全国《ぜんこく》に約《やく》1300社《しゃ》ある浅間神社《せんげんじんじゃ》の総本山《そうほんざん》です。そこでコノハナサクヤビメは、安産《あんざん》や子育《こそだ》ての神《かみ》さまとして祭《まつ》られています。炎《ほのお》の中《なか》で無事《ぶじ》に子《こ》どもを生《う》んだのですから、安産《あんざん》や子育《こそだ》ての神《かみ》さまというのも納得《なっとく》ですね。

04 ホデリとホオリの兄弟《きょうだい》ゲンカ

聞《き》き分《わ》けのない兄《あに》に頭《あたま》を抱《かか》える弟《おとうと》

コノハナサクヤビメが最初《さいしょ》に生《う》んだ長男《ちょうなん》のホデリは海《うみ》に入《はい》って魚《さかな》を獲《え》る「海幸彦《うみさちびこ》」に、三男《さんなん》のホオリは山《やま》に入《はい》って獣《けもの》を獲《え》る「山幸彦《やまさちびこ》」になりました。

ある日《ひ》、弟《おとうと》のヤマサチビコが、兄《あに》のウミサチビコに言《い》いました。

登場《とうじょう》する神《かみ》さま

- 火照命《ほでりのみこと》（海幸彦《うみさちびこ》）
- 火遠理命《ほおりのみこと》（山幸彦《やまさちびこ》）
- 潮椎神《しおつちのかみ》
- 豊玉毘売《とよたまびめ》
- 綿津見神《わたつみのかみ》

「ねえ、お兄《にい》さん。たまにはお互《たが》いの仕事《しごと》を交換《こうかん》してみようよ。きっと新鮮《しんせん》で楽《たの》しいと思《おも》うんだ」

ヤマサチビコが海《うみ》に行《い》き、ウミサチビコが山《やま》に行《い》って、それぞれ獲物《えもの》を捕《つか》まえようとしました。でも、慣《な》れない仕事《しごと》はうまくいきません。しかも、ヤマサチビコは兄《あに》から借《か》りた釣《つ》り針《ばり》を、魚《さかな》に取《と》られて失《な》くしてしまったのです。

「お兄《にい》さん、ごめんなさい。釣《つ》り針《ばり》を失《な》くしちゃった。探《さが》したけど見《み》つからないから、これで勘弁《かんべん》してくれない？」

代《か》わりの釣《つ》り針《ばり》５００本《ほん》を差《さ》し出《だ》しましたが、兄《あに》は許《ゆる》してくれません。１０００本《ほん》出《だ》してもダメ。

「おれの貸《か》した釣《つ》り針《ばり》でないと許《ゆる》さない。

絶対《ぜったい》に見《み》つけて持《も》って来《こ》い！」
ウミサチビコは強《つよ》い口調《くちょう》で責《せ》めました。

神々《かみがみ》の力《ちから》をちゃっかり借《か》りて兄《あに》を降伏《こうふく》させたヤマサチビコ

困《こま》り果《は》てたヤマサチビコが海辺《うみべ》で泣《な》いていると、海《うみ》の潮流《ちょうりゅう》をつかさどる塩椎神《しおつちのかみ》がやって来《き》て、アドバイスをくれました。

「小舟《こぶね》を作《つく》って、潮《しお》の流《なが》れに従《したが》って海《うみ》を進《すす》んでいきなされ。そうしたら、海《うみ》の中《なか》に宮殿《きゅうでん》が見《み》えるはずです。そこに住《す》む海《うみ》の大神《おおかみ》である綿津見神《わたつみのかみ》の娘《むすめ》が、力《ちから》になってくれます」

言《い》われた通《とお》りに舟《ふね》で海《うみ》の宮殿《きゅうでん》までやって来《き》たヤマサチビコは、ワタツミの娘《むすめ》の豊玉毘売《とよたまびめ》に出迎《でむか》えられました。豪華《ごうか》なごちそうとお酒《さけ》を振《ふ》る舞《ま》われたヤマサチビコは、あまりに居心地《いごこち》が良《よ》くて、ついつい長居《ながい》をしてしまいました。

３年《ねん》が過《す》ぎた頃《ころ》、本来《ほんらい》の目的《もくてき》を思《おも》い出《だ》したヤマサチビコは、妻《つま》にしたトヨタマビメに事情《じじょう》を打《う》ち明《あ》けます。すると、ワタツミが海中《かいちゅう》の魚《さかな》を集《あつ》めて、釣《つ》り針《ばり》の場所《ばしょ》を探《さが》してくれたのです。家来《けらい》の魚《さかな》が連《つ》れて帰《かえ》ってきた一匹《いっぴき》の鯛《たい》の口《くち》に釣《つ》り針《ばり》が刺《さ》さっていました。ヤマサチビコが地《ち》上《じょう》の国《くに》に帰《かえ》るとき、ワタツミはヤマサチビコに、兄《あに》をやっつける呪文《じゅもん》と不思議《ふしぎ》な力《ちから》を持《も》ったふたつの珠《たま》を授《さず》けてくれました。地上《ちじょう》に戻《もど》ったヤマサチビコはワタツミに教《おし》えられた通《とお》りに呪文《じゅもん》を唱《とな》えて、釣《つ》り針《ばり》を兄《あに》に返《かえ》しました。その呪文《じゅもん》は魚《さかな》を獲《と》れなくする呪文《じゅもん》だったのです。貧乏《びんぼう》になった兄《あに》は、戦《たたか》いをしかけてきます。そこで、ヤマサチビコはワタツミからもらった**塩盈珠**《しおみつたま》を使《つか》って、兄《あに》をおぼれさせました。助《たす》けを求《もと》める兄《あに》に向《む》かって、ヤマサチビコは尋《たず》ねました。

「助《たす》けてもいいけど、ぼくの家来《けらい》になる？」

「何《なん》でも言《い》うことを聞《き》きます！」

その答《こた》えを待《ま》って、ヤマサチビコは**塩乾珠**《しおひるたま》を振《ふ》りました。すると、水《みず》が引《ひ》いてウミサチビコは一命《いちめい》を取《と》り留《と》めたのです。

この一件《いっけん》があってから、ウミサチビコの子孫《しそん》たちがヤマサチビコの子孫《しそん》である天皇家《てんのうけ》にお仕《つか》えするようになったのです。

塩盈珠《しおみつたま》…海《うみ》の水《みず》を呼《よ》び寄《よ》せることができる不思議《ふしぎ》な珠《たま》。

塩乾珠《しおひるたま》…海《うみ》の水《みず》を引《ひ》かせることができる不思議《ふしぎ》な珠《たま》。

COLUMN 4

断崖《だんがい》に建《た》つ神社《じんじゃ》 トヨタマビメゆかりの鵜戸神宮《うどじんぐう》

兄《あに》の釣《つ》り針《ばり》を探《さが》しに海《うみ》の宮殿《きゅうでん》を訪《おとず》れたヤマサチビコ。そこで出会《であ》ったトヨタマビメと結婚《けっこん》し、子《こ》どもをもうけます。海《うみ》の中《なか》に住《す》む神《かみ》だったトヨタマビメは、「天孫《てんそん》の子《こ》どもを海中《かいちゅう》で生《う》むわけにはいかない」と思《おも》い、地上世界《ちじょうせかい》にやってきました。

ヤマサチビコはトヨタマビメのために、鵜《う》という鳥《とり》の羽根《はね》を使《つか》って産屋《うぶや》を造《つく》ったのですが、造《つく》り終《お》える前《まえ》に子《こ》どもが生《う》まれてしまいました。そのため、「鵜《う》の羽根《はね》を葺《ふ》き合《あ》わないうちに生《う》まれた勇《いさ》ましい天孫《てんそん》の御子《みこ》」という意味《いみ》の天津日高日子波限建鵜葺草葺不合命《あまつひこひこなぎさたけうがやふきあえずのみこと》というおもしろい名前《なまえ》をつけました。

鵜戸神宮《うどじんぐう》の本殿《ほんでん》は、日向灘《ひゅうがなだ》に面《めん》する岸壁《がんぺき》にある岩窟《がんくつ》の中《なか》に建《た》っています。ヤマサチビコが産屋《うぶや》を造《つく》った岩窟《がんくつ》であるという言《い》い伝《つた》えもあります。

鵜戸神宮《うどじんぐう》の本殿《ほんでん》は、崖《がけ》に沿《そ》って作《つく》られた石段《いしだん》を下《くだ》った先《さき》にあります。大抵《たいてい》は鳥居《とりい》よりも本殿《ほんでん》が高《たか》い位置《いち》にあるものですが、鵜戸神宮《うどじんぐう》は低《ひく》い位置《いち》。「下《くだ》り宮《みや》」という珍《めずら》しい形式《けいしき》なのです。

第《だい》5章《しょう》

ヤマトタケルの活躍《かつやく》

01

ヤマトタケルは冷血《れいけつ》な殺人鬼《さつじんき》!?

妻《つま》を横取《よこど》りして父《ちち》を騙《だま》したオオウス

第《だい》4章《しょう》までは、古《ふる》い古《ふる》い神々《かみがみ》の時代《じだい》の話《はなし》でしたが、第《だい》5章《しょう》からはずっと時代《じだい》が下《くだ》って、人間《にんげん》が登場《とうじょう》します。まずは、第《だい》12代《だい》の景行天皇《けいこうてんのう》の時代《じだい》の話《はなし》です。

纏向《まきむく》の宮殿《きゅうでん》で統治《とうち》をしていた景行天皇《けいこうてんのう》には、多《おお》くの子《こ》どもがいました。その中《なか》で将来有望《しょうらいゆうぼう》そうな子《こ》を「太子《ひつぎのみこ》」としました。太子《ひつぎのみこ》というのは、天皇《てんのう》の跡継《あとつ》ぎ候補《こうほ》です。

その中《なか》のひとりが小碓命《おうすのみこと》です。オウスは、後《のち》に倭建命《やまとたけるのみこと》と呼《よ》ばれることになる人物《じんぶつ》で、そのお兄《にい》さんは大碓命《おおうすのみこと》です。

あるとき、景行天皇《けいこうてんのう》はオオウスを呼《よ》んで、お遣《つか》いを命《めい》じました。

登場《とうじょう》する人々《ひとびと》

- 景行天皇《けいこうてんのう》
- 大碓命《おおうすのみこと》
- 小碓命《おうすのみこと》

「新《あたら》しいふたりの妻《つま》を迎《むか》えようと思《おも》う。ついては、おまえに妻《つま》たちを連《つ》れてきてほしいのだ。道中《どうちゅう》しっかりと護衛《ごえい》して、無事《ぶじ》にここまで届《とど》けるのだぞ」

素直《すなお》に「わかりました」と宮殿《きゅうでん》を出て、美濃《みの》へと向《む》かったオオウスですが、何《なに》を血迷《ちまよ》ったか、天皇《てんのう》の妻《つま》になるふたりの女性《じょせい》の美《うつく》しさに心奪《こころうば》われてしまい、ふたりを自分《じぶん》のものにしてしまったのです。そのふたりとはエヒメとオトヒメの姉妹《しまい》です。そして、大胆《だいたん》にもまったく別人《べつじん》の姉妹《しまい》を、うやうやしく父《ちち》に届《とど》けたのです。

「お約束《やくそく》に従《したが》い、こうして無事《ぶじ》にお連《つ》れしました」

纏向《まきむく》…奈良県桜井市《ならけんさくらいし》の纏向山《まきむくやま》のふもとや纏向川《まきむくがわ》が流《なが》れる一帯《いったい》。纏向遺跡《まきむくいせき》は、ヤマト政権《せいけん》の発祥《はっしょう》の地《ち》、あるいは邪馬台国《やまたいこく》の候補地《こうほち》の１つと考《かんが》えられている。

父《ちち》にはそれまでにも、多《おお》くの妻《つま》がいたから良《よ》いとでも思《おも》ったのでしょうか。

手足《てあし》を引《ひ》きちぎって兄《あに》を殺《ころ》したオウス

「この女《おんな》たちはエヒメとオトヒメじゃないな。偽《にせ》物《もの》だろう」

　景行天皇《けいこうてんのう》はすぐに見破《みやぶ》ったものの、しばらくはオウスの出方《でかた》を見《み》ようと知《し》らんぷりをして、偽《にせ》物《もの》ふたりとも結婚《けっこん》せず放《ほ》ったらかしにしていました。さすがに気《き》まずいのか、食事《しょくじ》の席《せき》ですら父親《ちちおや》の前《まえ》に顔《かお》を出《だ》さなくなったオウスを見《み》て、「やはりわたしを騙《だま》していたのだな」と確信《かくしん》した景行《けいこう》天皇《てんのう》は、それとなくオウスに耳打《みみう》ちし、こう命《めい》じました。

「オオウスによく教《おし》え諭《さと》しなさい」

ところが、いくら待《ま》ってもオオウスが謝《あやま》りに来《き》ません。「おかしいな?」と思《おも》った景行天皇《けいこうてんのう》がオウスに尋《たず》ねると、こう答《こた》えたのです。

「お兄《にい》さんのことですね。それなら、とっくにこの世《よ》にいませんよ」

なんと、夜明《よあ》けにオオウスがトイレに入《はい》るのを待《ま》ち伏《ぶ》せして捕《つか》まえ、手足《てあし》を引《ひ》きちぎって殺《ころ》してしまったというのです!

「兄《あに》にそんなことをするなんて……。この子《こ》はそばに置《お》いておくには危険《きけん》すぎる。どこか遠《とお》くへ離《はな》さなければ」

オウスの残虐《ざんぎゃく》さを恐《おそ》れた景行天皇《けいこうてんのう》は、そう感《かん》じました。そこで、命令《めいれい》を下《くだ》します。

「九州《きゅうしゅう》で熊曾建《くまそたける》の兄弟《きょうだい》が暴《あば》れている。その反乱《はんらん》を収《おさ》めて来《く》るのだ」

02 兄弟《きょうだい》をぶっ刺《さ》し！

女《おんな》の格好《かっこう》で油断《ゆだん》させ

登場《とうじょう》する人々《ひとびと》

- 小碓命《おうすのみこと》
- 倭比売命《やまとひめのみこと》
- 熊曾建《くまそたける》の兄弟《きょうだい》
- 景行天皇《けいこうてんのう》

叔母《おば》さんから女物《おんなもの》の衣装《いしょう》をもらう

九州《きゅうしゅう》へ出発《しゅっぱつ》する前《まえ》、オウスは叔母《おば》の倭比売命《やまとひめのみこと》のもとに、旅立《たびだ》ちのあいさつに行《い》きました。

「叔母《おば》さん、わたしはクマソタケル兄弟《きょうだい》の反乱《はんらん》を止《と》めに、九州《きゅうしゅう》まで行《い》くことになりました。しばらくお別《わか》れします」

「大事《だいじ》な役目《やくめ》をいただいて、ずいぶん立派《りっぱ》になられたのね。病気《びょうき》やケガには気《き》をつけて、また元気《げんき》で戻《もど》ってきてね」

叔母《おば》さんはそう言《い》って、女性用《じょせいよう》の上着《うわぎ》と袴《はかま》、懐《ふところ》に入《い》れる短剣《たんけん》を授《さず》けてくれました。短剣《たんけん》はまだしも、どうして男《おとこ》の自分《じぶん》に女性用《じょせいよう》の服《ふく》をくれたんだろうと、オウスは疑問《ぎもん》に思《おも》いながらも元気《げんき》よくあいさつをして別《わか》れました。

「叔母《おば》さんもお元気《げんき》で！」

オウスが向《む》かったのは、朝廷《ちょうてい》に対《たい》して反乱《はんらん》を起《お》こしているクマソタケル兄弟《きょうだい》の館《やかた》です。ちょうど、クマソタケルの館《やかた》は宴会《えんかい》の準備中《じゅんびちゅう》でした。オウスはひらめきました。

「そうだ、叔母《おば》さんからもらった女性用《じょせいよう》の服《ふく》を着《き》たらいいんだ！」

オウスは髪《かみ》を女形《おんながた》に結《ゆ》い上《あ》げて、叔母《おば》からもらった服《ふく》を着《き》て、女《おんな》になりすましました。館《やかた》にはいろんな人《ひと》が出入《でい》りし、話《はな》し声《ごえ》や笑《わら》い声《ごえ》でにぎやかです。オウスはその騒《さわ》ぎにうまく紛《まぎ》れ込《こ》んで、館《やかた》の中《なか》に忍《しの》び込《こ》みました。

こっそり相手《あいて》に近《ちか》づき短剣《たんけん》でブスリ!

みんな良《よ》い気分《きぶん》で酔《よ》っぱらっていましたが、クマソタケル兄弟《きょうだい》がふと女装《じょそう》したオウスを見《み》て、ふたりの間《あいだ》に座《すわ》らせました。

「かわいい女《おんな》の子《こ》だなあ」

その瞬間《しゅんかん》、オウスは懐《ふところ》に隠《かく》してあった短剣《たんけん》を抜《ぬ》いて、兄《あに》の胸《むね》にブスッとひと刺《さ》し。抵抗《ていこう》する間《ま》もなく、兄《あに》は死《し》んでしまったのです。

「人殺《ひとごろ》しだ!」

「不審者《ふしんしゃ》がいるぞ」

「危《あぶ》ない、逃《に》げろ!」

宴会場《えんかいじょう》は逃《に》げ惑《まど》う人々《ひとびと》で大《だい》パニック。クマソタケルの弟《おとうと》も、身《み》の危険《きけん》を感《かん》じて逃《に》げようとしましたが、身軽《みがる》なオウスはすぐに追《お》いつき、お尻《しり》に

剣《けん》を突《つ》き刺《さ》しました。お尻《しり》から血《ち》を流《なが》しながら、弟《おとうと》は尋《たず》ねました。

「こんなに強《つよ》いあなたさまは、いったいどなたですか？」

「わたしは景行天皇《けいこうてんのう》の子《こ》、オウスだ」

そう答《こた》えると、弟《おとうと》はこう言《い》って、絶命《ぜつめい》したのです。

「大和《やまと》にはおれたちより強《つよ》いお方《かた》がいたんだな。あなたを倭建命《やまとたけるのみこと》と呼《よ》んで称《たた》えよう」

ヤマトタケルノミコトというのは、「大和《やまと》で一《いち》番《ばん》の勇者《ゆうしゃ》」という意味《いみ》。これ以降《いこう》、オウスはヤマトタケルノミコトと名乗《なの》るようになりました。

ヤマトタケルは九州《きゅうしゅう》からの帰《かえ》り道《みち》、出雲《いずも》に寄《よ》って、そこも制圧《せいあつ》。景行天皇《けいこうてんのう》は、頼《たの》んでもいない**出雲《いずも》の平定《へいてい》**まで手土産《てみやげ》にして帰《かえ》って来《き》た息子《むすこ》に、言葉《ことば》を失《うしな》いました。

出雲《いずも》の平定《へいてい》…武勇《ぶゆう》で名高《なだか》い出雲建《いずもたける》が勢力《せいりょく》を持《も》っていた。ヤマトタケルは、友情《ゆうじょう》を結《むす》ぶふりをして、イズモタケルを油断《ゆだん》させて殺《ころ》した。

03 草薙剣《くさなぎのつるぎ》と火打石《ひうちいし》で絶体絶命《ぜったいぜつめい》のピンチを脱出《だっしゅつ》！

登場《とうじょう》する人々《ひとびと》

倭建命《やまとたけるのみこと》
景行天皇《けいこうてんのう》
倭比売命《やまとひめのみこと》
国造《くにのみやつこ》

景行天皇《けいこうてんのう》は ヤマトタケルを恐《おそ》れていた!?

西《にし》の国々《くにぐに》を鎮圧《ちんあつ》して帰還《きかん》したヤマトタケルに対《たい》して、父《ちち》の景行天皇《けいこうてんのう》はこう思《おも》いました。

「クマソタケルは、ものすごく強《つよ》いって聞《き》いてたから、もう少《すこ》し倒《たお》すのに時間《じかん》がかかるかと思《おも》っていたのに……。すぐに帰《かえ》ってきたってことは、こいつ、マジでやばいな」

そう思《おも》ったのか、休《やす》む暇《ひま》なく、今度《こんど》は東《ひがし》の国《くに》の平定《へいてい》に行《い》くよう命《めい》じたのです。この旅立《たびだ》ちの際《さい》にも、ヤマトタケルは叔母《おば》のヤマトヒメを訪《たず》ねます。

「元気《げんき》で戻《もど》ってきたと思《おも》ったら、また行《い》ってしまうの？　かわいそうに。あなたの父上《ちちうえ》は何《なに》を考《かんが》えているのかしらね」

そう叔母《おば》が言《い》うと、ヤマトタケルは思《おも》わず泣《な》き出《だ》しました。

「父《ちち》はわたしに早《はや》く死《し》んでほしいと思《おも》っているんです。だから、危《あぶ》ない場《ば》所《しょ》にばかり行《い》かせているんです」

ヤマトタケルを不憫《ふびん》に思《おも》ったヤマトヒメは、あの伝説《でんせつ》の神剣《しんけん》「草薙剣《くさなぎのつるぎ》」と小《ちい》さな袋《ふくろ》を手渡《てわた》しました。

「これはお守《まも》りよ。もしものときに使《つか》いなさい。必《かなら》ずやあなたを勝利《しょうり》に導《みちび》いてくれるから」

「ありがとう、おばさま。大切《たいせつ》にします」

ヤマトタケルはそう言《い》って、振《ふ》り返《かえ》らずに東国《とうごく》へと旅立《たびだ》ちました。

ヤマトヒメからもらった秘密道具《ひみつどうぐ》が大活躍《だいかつやく》！

各地《かくち》をまわって敵《てき》を平伏《ひれふ》させながら、ヤマトタケルは**相模《さがみ》の国《くに》**にたどり着《つ》きました。

「大《おお》きな沼《ぬま》に、荒《あら》ぶる神《かみ》がいるんです。あなたさまの力《ちから》で、おとなしくさせていただけないでしょうか」

ヤマトタケルは、この地《ち》の**国造《くにのみやつこ》**からこんな相《そう》談《だん》を受《う》けました。

「わたしに任《まか》せろ！」

ヤマトタケルは胸《むね》を叩《たた》きました。

「沼《ぬま》に行《い》くには、この先《さき》の野原《のはら》を進《すす》んでください。深《ふか》い草《くさ》むらを分《わ》け入《い》ったところに、荒《あら》ぶる神《かみ》が住《す》んでいる沼《ぬま》があります」

しかし、これは国造《くにのみやつこ》がヤマトタケルを陥《おとしい》れる

相模《さがみ》の国《くに》…今《いま》の神奈川県《かながわけん》の一部《いちぶ》と静岡県《しずおかけん》の一部《いちぶ》が属《ぞく》した地域《ちいき》。
国造《くにのみやつこ》…地方《ちほう》を治《おさ》める長官《ちょうかん》。

ための作《つく》り話《ばなし》。荒《あら》ぶる神《かみ》など最初《さいしょ》からいません。

何《なに》も知《し》らないヤマトタケルは、野原《のはら》の奥《おく》に入《はい》っていきました。それを見届《みとど》けた国造《くにのみやつこ》は、「焼《や》け死《し》んでしまえ」と草《くさ》むらに火《ひ》をつけました。自分《じぶん》が騙《だま》されたことを知《し》ったヤマトタケルは、草薙剣《くさなぎのつるぎ》を引《ひ》き抜《ぬ》き、周囲《しゅうい》の草《くさ》をなぎ払《はら》いました。そして、ヤマトヒメにもらった小袋《こぶくろ》を出《だ》して、中《なか》に入《はい》っていた火打石《ひうちいし》を打《う》って、火《ひ》を放《はな》ちました。ヤマトタケルが放《はな》った火《ひ》のほうが勢《いきお》いが強《つよ》く、草《くさ》むらの炎《ほのお》は国造《くにのみやつこ》のいるほうに向《む》かって燃《も》え進《すす》みました。

「しまった！」と逃《に》げ惑《まど》う国造《くにのみやつこ》。

そうして、ヤマトタケルは窮地《きゅうち》を脱《だっ》したのです。

ヤマトタケルは国造《くにのみやつこ》を斬《き》り殺《ころ》して、その死体《したい》に火《ひ》をつけて焼《や》いてしまいました。それでこの地《ち》は「**焼津《やいづ》**」と呼《よ》ばれるようになりました。

焼津《やいづ》…静岡県中部《しずおかけんちゅうぶ》に位置《いち》する焼津市《やいづし》。焼津《やいづ》は駿河《するが》の国《くに》に属《ぞく》していたので、相模《さがみ》の国《くに》の出《で》来事《きごと》だとする『古事記《こじき》』の記事《きじ》は地理的《ちりてき》に合《あ》っていない。

04 白鳥《はくちょう》になって飛《と》び立《た》ったヤマトタケル

命《いのち》を懸《か》けて夫《おっと》を守《まも》った姫《ひめ》の貴《とうと》い生《い》きざま

その後《ご》、ヤマトタケルはさらに東《ひがし》の国々《くにぐに》を平定《へいてい》し、快進撃《かいしんげき》を続《つづ》けました。ところが、舟《ふね》で**走水海**《はしりみずのうみ》から房総半島《ぼうそうはんとう》に渡《わた》ろうとしたとき、海神《かいじん》が嵐《あらし》を起《お》こしたために、海《うみ》が激《はげ》しく荒《あ》れました。このままでは、舟《ふね》ごとひっくり返《かえ》って、死《し》んでしまいます。

登場《とうじょう》する人々《ひとびと》

- 倭建命《やまとたけるのみこと》
- 弟橘比売《おとたちばなひめ》
- 美夜受比売《みやずひめ》

走水海《はしりみずのうみ》…神奈川県横須賀市走水《かながわけんよこすかしはしりみず》。三浦半島《みうらはんとう》と房総《ぼうそう》半島《はんとう》に挟《はさ》まれた海峡《かいきょう》（浦賀水道《うらがすいどう》）のこと。

そのとき、同行《どうこう》していたヤマトタケルの后《きさき》、弟橘比売《おとたちばなひめ》は、揺《ゆ》れる舟《ふね》の上《うえ》で立《た》ち上《あ》がり、夫《おっと》に向《む》かってこう言《い》いました。

「わたしがこの身《み》をもって、海神《かいじん》を鎮《しず》めてみせます。だから、あなたは海《うみ》を渡《わた》って、あなたの使命《しめい》を果《は》たしてください。この世《よ》にはあなたの力《ちから》が必要《ひつよう》なのです！」

そう言《い》って、大《おお》きく荒《あ》れる海原《うなばら》へ飛《と》び込《こ》んでしまったのです。

「ああ！」

あっという間《ま》に波《なみ》がオトタチバナヒメを飲《の》み込《こ》み、そのまま見《み》えなくなってしまったのです。気付《きづ》くと、いつの間《ま》にか空《そら》は晴《は》れ、海《うみ》は静《しず》かになっていました。オトタチバナヒメは自分《じぶん》の命《いのち》をもって、ヤマトタケルの武運《ぶうん》を開《ひら》いたのです。7日後《かご》、オトタチバナヒメの櫛《くし》が、浜《はま》に流《なが》れ着《つ》いているのが見《み》つかりました。ヤマトタケルはそれを妻《つま》の形見《かたみ》として、大《たい》切《せつ》に葬《ほうむ》りました。

白《しろ》イノシシの怒《いか》りを買《か》い ヤマトタケル再起不能《さいきふのう》に！

東国《とうごく》の平定《へいてい》を終《お》え、大和《やまと》への帰路《きろ》についたヤマトタケルは、途中《とちゅう》の**尾張《おわり》の国《くに》**で、美夜受《みやず》比売《ひめ》と結婚《けっこん》します。

「すぐに戻《もど》ってくるから、この剣《けん》を大切《たいせつ》にして待《ま》っていてくれ」

ミヤズヒメに草薙剣《くさなぎのつるぎ》を預《あず》けて、今度《こんど》は**近江《おうみ》の伊服岐山《いぶきやま》**に住《す》む神《かみ》の征伐《せいばつ》に向《む》かいました。

ヤマトタケルはその山《やま》で、大《おお》きな白《しろ》イノシシと遭遇《そうぐう》します。「この山《やま》の神《かみ》の使《つか》いだな」と思《おも》ったヤマトタケルは、やり過《す》ごそうとしました。

尾張《おわり》の国《くに》…愛知県《あいちけん》の西部《せいぶ》。
近江《おうみ》の伊服岐山《いぶきやま》…滋賀県《しがけん》にある伊吹山《いぶきやま》。
当芸野《たぎの》…岐阜県養老郡《ぎふけんようろうぐん》。

「おまえでは相手《あいて》にならん。帰《かえ》り道《みち》にやっつけてくれるわ」

ところが、その白《しろ》イノシシこそが、伊服岐山《いぶきやま》の神《かみ》さまだったのです！

「偉大《いだい》な神《かみ》であるワシのことを、バカにしおって！」

ヤマトタケルの不遜《ふそん》な態度《たいど》に腹《はら》を立《た》てた山《やま》の神《かみ》は、冷《つめ》たい雹《ひょう》を天《てん》から降《ふ》らせます。それをまともに浴《あ》びたヤマトタケルは病気《びょうき》に……。**当芸野**《たぎの》まで来《く》ると足《あし》がぱんぱんに腫《は》れ、杖《つえ》なしでは歩《ある》けなくなり、**伊勢の三重村**《いせのみえむら》では、とうとう動《うご》けないほどに衰弱《すいじゃく》。もうすぐ故郷《きょう》の大和《やまと》という**能煩野**《のぼの》まで来《き》たとき、ヤマトタケルは自分《じぶん》の死期《しき》を悟《さと》りました。そして、「大和《やまと》は国《くに》のまほろば（大和《やまと》は世界一《せかいいち》の素晴《すば》らしい国《くに》）」と歌《うた》を詠《よ》んで、間《ま》もなく息《いき》を引《ひ》き取《と》ったのです。

報《しら》せを受《う》けた妻子《さいし》が駆《か》けつけ、御陵《ごりょう》を築《きず》くと、その御陵《ごりょう》から大《おお》きな白鳥《はくちょう》が空高《そらたか》く舞《ま》い上《あ》がり、地上《ちじょう》を見渡《みわた》すようにグルリと大《おお》きく回《まわ》ってから、はるか遠《とお》くに飛《と》び去《さ》っていきました。

ヤマトタケルの魂《たましい》は、八尋白智鳥《やひろしろちどり》となって、天《てん》に帰《かえ》って行《い》ったのです。

伊勢の三重村《いせのみえむら》…三重県四日市市《みえけんよっかいちし》。
能煩野《のぼの》…三重県《みえけん》と奈良県《ならけん》の県境《けんざかい》にある鈴鹿山脈《すずかさんみゃく》あたり。

COLUMN 5

ヤマトタケルの遺志《いし》を継《つ》いだミヤズヒメと草薙剣《くさなぎのつるぎ》にゆかりのある熱田神宮《あつたじんぐう》

東国《とうごく》を平定《へいてい》したヤマトタケルは故郷《こきょう》の大和《やまと》に帰《かえ》る前《まえ》、尾張《おわり》の国《くに》でミヤズヒメと結婚《けっこん》をします。その後《ご》、故郷《こきょう》の地《ち》を踏《ふ》むことなくこの世《よ》を去《さ》るヤマトタケルですが、亡《な》くなる前《まえ》に妻《つま》のミヤズヒメに草薙剣《くさなぎのつるぎ》を預《あず》けていました。ヤマトタケルの死後《しご》、ミヤズヒメはヤマトタケルと草薙剣《くさなぎのつるぎ》を現在《げんざい》の愛知県名古屋市《あいちけんなごやし》の熱田《あつた》に祭《まつ》ったと伝《つた》えられています。それが熱田神宮《あつたじんぐう》です。

実《じつ》は、熱田神宮《あつたじんぐう》の祭神《さいじん》である熱田大神《あつたのおおかみ》とは、草薙剣《くさなぎのつるぎ》を神体《しんたい》とするアマテラスのこと。同《おな》じ社殿《しゃでん》には、草薙剣《くさなぎのつるぎ》にゆかりのある、アマテラス、スサノオ、ヤマトタケル、ミヤズヒメ、ミヤズヒメの兄《あに》の五柱《いつはしら》が祭《まつ》られています。

熱田神宮《あつたじんぐう》の境内《けいだい》はとても広《ひろ》く、樹齢《じゅれい》1000年《ねん》を越《こ》える大《おお》きな楠《くす》の木《き》があります。宝物館《ほうもつかん》や図書室《としょしつ》もあり、皇室《こうしつ》をはじめ全国《ぜんこく》の人々《ひとびと》から寄《よ》せられた6000点以上《てんいじょう》もの奉納品《ほうのうひん》が収蔵《しゅうぞう》・展示《てんじ》されていたり、神道《しんどう》・郷土史《きょうどし》・日本史《にほんし》・国文学《こくぶんがく》などに関《かん》する書籍《しょせき》が集《あつ》められています。一般《いっぱん》に公開《こうかい》されているので、見学《けんがく》してみるのもおすすめです。

第《だい》6章《しょう》

天《てん》皇《のう》の血《けつ》脈《みゃく》

01 神《かみ》さまに見放《みはな》された天皇《てんのう》と勇《ゆう》敢《かん》な皇《こう》后《ごう》

西《にし》の国《くに》をもらい損《そこ》ね 命《いのち》まで奪《うば》われた仲哀天皇《ちゅうあいてんのう》

ヤマトタケルの死後《しご》、13代《だい》の成務天皇《せいむてんのう》を挟《はさ》んで、14代天皇《だいてんのう》となったのは、ヤマトタケルの息子《むすこ》である仲哀天皇《ちゅうあいてんのう》です。仲哀天皇《ちゅうあいてんのう》は**筑《つく》紫《し》の訶志比宮《かしひのみや》**に宮殿《きゅうでん》を建《た》てて、天下《てんか》を治《おさ》めました。

ある日《ひ》、仲哀天皇《ちゅうあいてんのう》が琴《こと》を奏《かな》でていたときの

筑紫《つくし》の訶志比宮《かしひのみや》…筑紫《ちくし》は北九州一帯《きたきゅうしゅういったい》のこと。訶志比宮《かしひのみや》は福岡県福岡市《ふくおかけんふくおかし》。

登場《とうじょう》する人々《ひとびと》

- 仲哀天皇《ちゅうあいてんのう》
- 息長帯比売命《おきながたらしひめのみこと》（後《のち》の神功皇后《じんぐうこうごう》）
- 住吉三神《すみよしさんしん》
- 応神天皇《おうじんてんのう》

ことです。皇后《こうごう》である息長帯比売命《おきながたらしひめのみこと》に神《かみ》が乗《の》り移《うつ》り、その口《くち》を通《つう》じて次《つぎ》のように伝《つた》えました。ちなみに、琴《こと》というのは、神《かみ》さまの声《こえ》を聞《き》くための楽器《がっき》です。

「西《にし》に、金銀財宝《きんぎんざいほう》に恵《めぐ》まれた豊《ゆた》かな国《くに》がある。それをそなたに与《あた》えよう」

ところが、仲哀天皇《ちゅうあいてんのう》が高《たか》い山《やま》の上《うえ》に登《のぼ》って西《にし》を見渡《みわた》しても、そんな国《くに》は見《み》えません。

「もしかして、わたしのことを騙《だま》そうとしていますね？　本物《ほんもの》の神《かみ》さまがそんなことするわけがありません。あなたはもしかして偽《いつわ》りの神《かみ》さまでは？」

そして、仲哀天皇《ちゅうあいてんのう》は琴《こと》を弾《ひ》くのを止《と》めてしまったのです。ウソつき呼《よ》ばわりされた神《かみ》は怒《おこ》って、仲哀天皇《ちゅうあいてんのう》に罰《ばつ》を下《くだ》しました。

「神《かみ》であるわたしを疑《うたが》うなんて、おまえなど、

皇后《こうごう》…天皇《てんのう》の妻《つま》。

天下《てんか》を治《おさ》められる器《うつわ》でない！　死《し》の国《くに》がお似合《にあ》いだ」

仲哀天皇《ちゅうあいてんのう》は自分《じぶん》の不遜《ふそん》な行為《こうい》を反省《はんせい》する間《ま》もなく、**崩御《ほうぎょ》**してしまいました。

神《かみ》の逆鱗《げきりん》に触《ふ》れるというのは、おそろしいけがれ。そのけがれを清《きよ》めるために、大祓《おおはらい》が行《おこな》われました。

残《のこ》された皇后《こうごう》は神功皇后《じんぐうこうごう》として、神《かみ》さまを信《しん》じて行動《こうどう》しました。

戦《たたか》わずして新羅《しらぎ》の国《くに》を手《て》にする信心深《しんじんぶか》い皇后《こうごう》

儀式《ぎしき》が終《お》わると、再《ふたた》び神《かみ》が現《あらわ》れて、こう言《い》いました。

「この国《くに》は、皇后《こうごう》のお腹《なか》の中《なか》にいる子《こ》が

崩御《ほうぎょ》…天皇《てんのう》が亡《な》くなること。

治《おさ》めるべきである」

そこで、そばにいた大臣《おおおみ》が聞《き》きました。

「あなたは何《なん》という神《かみ》さまですか？」

「我々《われわれ》は底筒男《そこつつのお》・中筒男《なかつつのお》・表筒男《うわつつのお》である。さっきのお告《つ》げはアマテラスさまの御心《みこころ》であるぞ」

今《いま》は、大阪府《おおさかふ》にある住吉大社《すみよしたいしゃ》にまつられている住吉三神《すみよしさんしん》です。

「まず、すべての神々《かみがみ》を祭《まつ》りなさい。次《つぎ》に、われら三神《さんしん》を船上《せんじょう》に祭《まつ》りなさい。そして、箸《はし》と皿《さら》とを、海神《かいじん》に捧《ささ》げなさい。そうすれば、**西《にし》の国《くに》**は手《て》に入《はい》るだろう」

神《かみ》の言《い》うことは必《かなら》ず守《まも》ろうと、皇后《こうごう》は神《かみ》さまの言《い》う通《とお》りに行動《こうどう》します。

軍船《ぐんせん》で出撃《しゅつげき》すると、海《うみ》にいる魚《さかな》たちが船《ふね》を押《お》して航行《こうこう》を助《たす》けてくれるではありませんか。さらに、強《つよ》い追《お》い風《かぜ》が吹《ふ》いたので、船《ふね》をぐんぐん進《すす》めることができます。神《かみ》の力《ちから》に守《まも》られた皇后《こうごう》の勢《いきお》いを見《み》て、新羅《しらぎ》の王《おう》は戦《たたか》わずに降伏《こうふく》。そして、こう約束《やくそく》しました。

「毎年《まいとし》、あなたさまの国《くに》に貢《みつ》ぎ物《もの》を贈《おく》ります」

新羅《しらぎ》を手《て》に入《い》れて日本《にほん》へ帰《かえ》る途中《とちゅう》、皇后《こうごう》は産気《さんけ》づきました。神《かみ》に守《まも》られた皇后《こうごう》と言《い》えども、船《ふね》の上《うえ》での出産《しゅっさん》はさすがに危険《きけん》。しかも、新羅《しらぎ》の地《ち》で次《つぎ》の天皇《てんのう》になる子《こ》どもを産《う》むわけにはいきません。そこで皇后《こうごう》は陣痛《じんつう》を抑《おさ》えるために、石《いし》を腰《こし》に巻《ま》きつけて出産《しゅっさん》を遅《おく》らせました。

そして、無事《ぶじ》に筑紫《つくし》に着《つ》いてから、次《つぎ》の天皇《てんのう》となる応神天皇《おうじんてんのう》を生《う》んだのです。

西《にし》の国《くに》…朝鮮半島《ちょうせんはんとう》にあった「新羅《しらぎ》」の国《くに》のこと。

07 応神天皇《おうじんてんのう》の三皇子《さんおうじ》に お世《よ》継《つ》ぎ問題勃発《もんだいぼっぱつ》!?

殺《ころ》される前《まえ》に殺《ころ》してしまえ! ライバルの兄《あに》を騙《だま》してあの世《よ》へ

15代《だい》の応神天皇《おうじんてんのう》には3人《にん》の有力《ゆうりょく》な皇子《おうじ》がいました。大山守命《おおやまもりのみこと》、大雀命《おおさざきのみこと》、宇遅能和紀郎子《うじのわきいらつこ》の3人《にん》です。このうち、父《ちち》である天皇《てんのう》が最《もっと》も愛《あい》したのは、末《すえ》っ子《こ》のワキイラツコでした。「自分《じぶん》が死《し》んだら、ワキイラツコに皇位《こうい》を譲《ゆず》るつもりだ」

登場《とうじょう》する人々《ひとびと》

- 応神天皇《おうじんてんのう》
- 大山守命《おおやまもりのみこと》
- 大雀命《おおさざきのみこと》
- 宇遅能和紀郎子《うじのわきいらつこ》

天皇《てんのう》が周囲《しゅうい》にそう話《はな》すのを、不機嫌《ふきげん》な顔《かお》で聞《き》いていたのは、オオヤマモリです。

「一番年上《いちばんとしうえ》の自分《じぶん》を差《さ》し置《お》いて、なぜチビなんだ！」

応神天皇《おうじんてんのう》が130歳《さい》で亡《な》くなると、オオヤマモリは「天皇《てんのう》には、おれがなる。ワキイラツコなんか殺《ころ》してしまおう」と考《かんが》えました。

ところが、オオヤマモリが殺害計画《さつがいけいかく》を立《た》てていることが、ワキイラツコ本人《ほんにん》の耳《みみ》に入《はい》ってしまいます。

「何《なん》てこと！　殺《ころ》される前《まえ》に、こっちから殺《ころ》すしかない」

頭《あたま》のいいワキイラツコは、即座《そくざ》に考《かんが》えを巡《めぐ》らして、名案《めいあん》を思《おも》いつきました。

ワキイラツコはみすぼらしい船頭《せんどう》の姿《すがた》に変装《へんそう》。川《かわ》で兄《あに》を待《ま》っていると、そうとは知《し》らないオオヤマモリが、ワキイラツコを殺《ころ》そうと息込《いきご》んでやって来《き》ました。

「おい。そこの船頭《せんどう》、船《ふね》を出《だ》せ。対岸《たいがん》に渡《わた》るんだ、急《いそ》げ！」

「へい、わかりやした」

ワキイラツコは顔《かお》を相手《あいて》に見《み》せないようにして、船《ふね》を漕《こ》ぎ始《はじ》めます。ふたりを乗《の》せた船《ふね》が川《かわ》の真《ま》ん中《なか》まで来《き》たとき、突然《とつぜん》、ワキイラツコは正体《しょうたい》を明《あ》かして、オオヤマモリを川《かわ》に突《つ》き落《お》としました。

「おまえはワキイラツコか！　おれを騙《だま》したな！」

オオヤマモリは泳《およ》いで岸《きし》に上《あ》がろうとしますが、そこにはワキイラツコの兵《へい》がいて近《ちか》づくことができません。力尽《ちからつ》きたオオヤマモリは、ぶくぶくと泡《あわ》だけを残《のこ》して、川底《かわぞこ》へ沈《しず》んでいってしまったのです。

皇位《こうい》を互《たが》いに譲《ゆず》り合《あ》う
気《き》の良《い》いふたりの皇子《おうじ》

危険《きけん》な兄《あに》を排除《はいじょ》したワキイラツコは、もうひとりの兄《あに》のオオササギを天皇《てんのう》に推《お》しました。

「お兄《にい》さんが天皇《てんのう》になってください。わたしは天皇《てんのう》の器《うつわ》ではないし、年《とし》の順《じゅん》から言《い》っても、あなたがなるべきです。わたしは気楽《きらく》な皇子《おうじ》でいるのが好《す》きなんです」

しかし、オオササギも遠慮《えんりょ》して、辞退《じたい》します。

「いや、やっぱりおまえがなるべきだよ。父上《ちちうえ》もおまえのことを一番《いちばん》かわいがっていたじゃないか。父上《ちちうえ》の遺志《いし》を大切《たいせつ》にすべきだと思う」

そんなふうに、ふたりで皇位《こうい》を譲《ゆず》り合《あ》っていましたが、数ヶ月後《すうかげつご》にワキイラツコが若《わか》くして亡《な》くなってしまったのです。オオササギは、仲良《なかよ》しの弟《おとうと》を亡《な》くした悲《かな》しみを乗《の》り越《こ》えて、天皇《てんのう》になることにしました。

「ワキイラツコよ、おまえの分《ぶん》までしっかり天皇《てんのう》を務《つと》めて見《み》せるからな！」

即位《そくい》したオオササギは「仁徳天皇《にんとくてんのう》」と名乗《なの》りました。仁徳天皇《にんとくてんのう》は、後《のち》の世《よ》で「聖帝《せいてい》」と称《たた》えられるほど、思《おも》いやりと知恵《ちえ》と正《ただ》しい力《ちから》を持《も》った天皇《てんのう》になるのです。

03 聖帝《せいてい》の顔《かお》のうらに隠《かく》された女《おんな》好《ず》きの一《いち》面《めん》

自分《じぶん》の生活《せいかつ》は質素《しっそ》に人民《じんみん》の課税《かぜい》は軽《かる》く

仁徳天皇《にんとくてんのう》は、大和《やまと》の地《ち》を離《はな》れて**高津宮《たかつのみや》**に朝廷《ちょうてい》を開《ひら》きました。

高《たか》い山《やま》に登《のぼ》って、頂上《ちょうじょう》から四方《しほう》を見渡《みわた》した仁徳天皇《にんとくてんのう》は、あることに気付《きづ》きます。

「ご飯時《はんどき》だというのに、どの村《むら》もひっそりとして、かまどの煙《けむり》も上《あ》がっていない。これは、

登場《とうじょう》する人々《ひとびと》

- 仁徳天皇《にんとくてんのう》
- 石之日売《いわのひめ》
- 黒日売《くろひめ》
- 八田若郎女《やたのわきいらつめ》

高津宮《たかつのみや》…今《いま》の大阪府《おおさかふ》大阪市《おおさかし》中央区《ちゅうおうく》。

どういう理由《りゆう》だろう？」

ふと考《かんが》えた天皇《てんのう》は、人民《じんみん》の貧《まず》しい暮《く》らしに思《おも》いが至《いた》りました。

「そうか、ご飯《はん》を炊《た》くお米《こめ》もないくらい、人《じん》民《みん》は食《た》べる物《もの》に困《こま》っているのだな。それなら、今後《こんご》3年間《ねんかん》は**租税《そぜい》**や**兵役《へいえき》**を課《か》すのをやめることにしよう」

そばにいた家来《けらい》はあわててこう言《い》います。

「お言葉《ことば》ですが、それでは皇居《こうきょ》を修繕《しゅうぜん》する費《ひ》用《よう》さえなくなってしまいます」

「人民《じんみん》もがまんしてるのだ」

そう言《い》って、向《む》こう3年間《ねんかん》の減税《げんぜい》・免役《めんえき》を発令《はつれい》したのです。

人民《じんみん》たちは口々《くちぐち》に言《い》いました。

「神《かみ》さまのように情《なさ》け深《ぶか》い天皇《てんのう》さまだ」

仁徳天皇《にんとくてんのう》の宮殿《きゅうでん》は雨漏《あまも》りするほど傷《いた》んでい

租税《そぜい》…人民《じんみん》に税金《ぜいきん》として、米《こめ》や布《ぬの》などを納《おさ》めさせること。
兵役《へいえき》…男性《だんせい》は兵士《へいし》として、何年間《なんねんかん》か地方《ちほう》に行《い》かされた。

ましたが、修繕工事《しゅうぜんこうじ》は「お金《かね》がかかるから」とやらず、桶《おけ》で雨水《あまみず》を受《う》けて生活《せいかつ》します。

そして3年後《ねんご》、再《ふたた》び同《おな》じ山《やま》の頂《いただき》から村々《むらむら》を見渡《みわた》すと、あちこちからかまどの煙《けむり》が上《あ》がっていたのです。

「人々《ひとびと》が豊《ゆた》かになったのだな」と安心《あんしん》した天皇《てんのう》は、以前《いぜん》のように租税《そぜい》と兵役《へいえき》を再開《さいかい》しましたが、文句《もんく》を言《い》う人民《じんみん》はいませんでした。

色好《いろごの》み天皇《てんのう》と嫉妬深《しっとぶか》い皇后《こうごう》の駆《か》け引《ひ》き

そんな立派《りっぱ》な仁徳天皇《にんとくてんのう》ですが、実《じつ》は意外《いがい》な一面《いちめん》もありました。それは、女好《おんなず》き。仁徳天皇《にんとくてんのう》には石之日売《いわのひめ》という后《きさき》がいたのですが、「美《うつく》しい女性《じょせい》がいる」と聞《き》くと、天皇《てんのう》はホイホイ出《で》かけて行《い》ってしまうのです。

あるとき、仁徳天皇《にんとくてんのう》は「吉備《きび》の国《くに》に、黒日売《くろひめ》という美女《びじょ》がいる」とのウワサを聞《き》きつけて、彼女《かのじょ》をわざわざ朝廷《ちょうてい》に呼《よ》び寄《よ》せて、召《め》し抱《かか》えてしまいました。しかし、夫《おっと》の性格《せいかく》を知《し》っているイワノヒメは、クロヒメにいじわるをして追《お》い出《だ》してしまいます。

イワノヒメは大変《たいへん》なやきもち焼《や》き。クロヒメが吉備《きび》に帰《かえ》る船《ふね》を、仁徳天皇《にんとくてんのう》が名残惜《なごりお》しそう

に見《み》ているというだけで、頭《あたま》に角《つの》が生《は》えるほどです。それなのに仁徳天皇《にんとくてんのう》は「淡路島《あわじしま》に旅《たび》に行《い》く」とウソをついて、クロヒメを追《お》いかけます。それに気《き》づいたイワノヒメはかんかん。仁徳天皇《にんとくてんのう》は、家臣《かしん》も巻《ま》き込《こ》んでイワノヒメのご機嫌《きげん》どりをしなければならなくなりました。

それでも、懲《こ》りないのが仁徳天皇《にんとくてんのう》。イワノヒメが紀国《きのくに》に出《で》かけた留守中《るすちゅう》を狙《ねら》って、今度《こんど》は八田若郎女《やたのわきいらつめ》を寵愛《ちょうあい》。旅《たび》先《さき》でそれを知《し》ったイワノヒメは、とうとう家出《いえで》！　慌《あわ》てた仁徳天皇《にんとくてんのう》は、イワノヒメがいる館《やかた》に何度《なんど》も出向《でむ》いたり、手紙《てがみ》を送《おく》ったりして、どうにか許《ゆる》してもらったのです。

04 軽太子《かるのみこ》と実妹《じつまい》の 禁《きん》じられた恋《こい》の結末《けつまつ》

実《じつ》の兄妹間《きょうだいかん》の愛《あい》は あまりにも罪深《つみぶか》く……

仁徳天皇《にんとくてんのう》の子《こ》・男浅津間若子宿禰命《おあさづまのわくごのすくねのみこと》が19代《だい》の允恭天皇《いんぎょうてんのう》に即位《そくい》した後《あと》、後継者《こうけいしゃ》として指名《しめい》されたのは、長男《ちょうなん》の木梨之軽太子《きなしのかるのみこ》でした。しかし、みんなが納得《なっとく》してカルノミコを支持《しじ》したわけではありません。なぜなら、カルノミコは自分《じぶん》と血《ち》のつながった実《じつ》の妹《いもうと》、軽大郎女《かるのおおいらつめ》と愛《あい》し合《あ》っていたからです。この時代《じだい》も今《いま》と同《おな》じように、両親《りょうしん》が同《おな》じ兄妹同士《きょうだいどうし》の恋愛《れんあい》は禁《きん》じられていました。

「乱《みだ》れば乱《みだ》れさ寝《ね》しさ寝《ね》てば（ふたりの仲《なか》が離《はな》れ離《ばな》れになってもかまわない。こうして一緒《いっしょ》に寝《ね》られさえしたら）」

登場《とうじょう》する人々《ひとびと》

- 木梨之軽太子《きなしのかるのみこ》
- 軽大郎女《かるのおおいらつめ》
- 穴穂命《あなほのみこと》
- 大前小前宿禰《おおまえおまえのすくね》

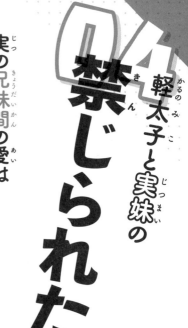

それでもカルノミコは、このような歌《うた》を詠《よ》むほど、妹《いもうと》を愛《あい》さずにはいられません。

「こんな罪深《つみぶか》い人《ひと》を、天皇《てんのう》にするわけにはいかない」

カルノミコの周囲《しゅうい》からそう反発《はんぱつ》の声《こえ》が上《あ》がったのも当然《とうぜん》です。

代わりの天皇候補《てんのうこうほ》として支持《しじ》が集《あつ》まったのが、カルノミコの弟《おとうと》の穴穂命《あなほのみこと》です。

世間《せけん》の冷《つめ》たい視線《しせん》と苛立《いらだ》ちを肌《はだ》で感《かん》じ取《と》ったカルノミコは、危険《きけん》を避《さ》けるため、**大臣**《おおおみ》である大前小前宿禰《おおまえおまえのすくね》の屋敷《やしき》に逃《に》げ込《こ》みます。そして、アナホとの戦《たたか》いに備《そな》えて武器《ぶき》の準備《じゅんび》をはじめました。

大臣《おおおみ》…昔《むかし》の役職《やくしょく》の１つ。天皇《てんのう》の補佐《ほさ》として政治《せいじ》を行《おこな》った。

来世《らいせ》での縁《えん》を信《しん》じて ふたりが選《えら》んだ悲《かな》しい最期《さいご》

大勢《おおぜい》の軍勢《ぐんぜい》を率《ひき》いてカルノミコを追《お》って来《き》たアナホは、大臣《おおおみ》の屋敷《やしき》をずらりと兵《へい》で取《と》り囲《かこ》みます。

「カルノミコよ、ここにいるのはわかっている。逃《に》げないで出《で》て来《こ》い！」

血気盛《けっきさか》んなアナホは、戦《たたか》う気《き》マンマンです。味方《みかた》もたくさんいるので、カルノミコに負《ま》けるはずがありません。大臣《おおおみ》はアナホをなだめるように言《い》いました。

「次期《じき》の天皇《てんのう》を目指《めざ》す方《かた》ならば、兄君《あにぎみ》に対《たい》して武器《ぶき》を向《む》けるようなことをしてはなりません。それに、戦《たたか》えば無駄《むだ》な血《ち》が流《なが》れるだけです。わたしが兄君《あにぎみ》をお連《つ》れしましょう」

そう言《い》って、大臣《おおおみ》はカルノミコをアナホの前《まえ》に

伊《い》予《よ》の湯《ゆ》…愛媛県松山市《えひめけんまつやまし》の道後温泉《どうごおんせん》。

差《さ》し出《だ》しました。その場《ば》で捕《と》らえられたカルノミコは、**伊予《いよ》の湯《ゆ》**に追放《ついほう》されてしまったのです。

「迎《むか》へを行《ゆ》かむ待《ま》つには待《まち》たじ（あなたをお迎《むか》えに行《い》きます。もう待《ま》ってなどいられません）」

兄《あに》の**流刑《るけい》**を知《し》ったカルノイラツメは、こんな歌《うた》を詠《よ》み、兄《あに》を追《お》って伊予《いよ》へ駆《か》けつけました。

再会《さいかい》を果《は》たした兄妹《きょうだい》は、改《あらた》めて愛《あい》を確《たし》かめ合《あ》います。そして、「この世《よ》で結《むす》ばれないのなら……」と、来世《らいせ》での縁《えん》を信《しん》じて手《て》に手《て》を取《と》って心中《しんじゅう》してしまったのです。

カルノミコとカルノイラツメの悲恋《ひれん》は「衣通姫《そとおりひめ》伝説《でんせつ》」という通称《つうしょう》で、『古事記《こじき》』の中《なか》の一大恋愛《いちだいれんあい》物語《ものがたり》とされています。衣通姫《そとおりひめ》とは、美女《びじょ》と評判《ひょうばん》だったカルノイラツメのことで「その美《うつく》しさが衣《ころも》を通《とお》してあらわれるようだ」という意味《いみ》が込《こ》められた呼《よ》び名《な》です。

流刑《るけい》…罪《つみ》を犯《おか》した者《もの》を、遠《とお》くへ追放《ついほう》してしまう罰《ばつ》。

05 ライバル全員《ぜんいん》を殺《ころ》しまくって皇位《こうい》についた雄略天皇《ゆうりゃくてんのう》

安康天皇《あんこうてんのう》を倒《たお》した少年《しょうねん》と兄《あに》を殺《ころ》したオオハツセ

20代目《だいめ》の安康天皇《あんこうてんのう》となったアナホは、家臣《かしん》のウソの報告《ほうこく》を真《ま》に受《う》け、叔父《おじ》の大日下王《おおくさかのみこ》を、無実《むじつ》だったのにも関《かか》わらず殺害《さつがい》してしまいます。さらに大日下王《おおくさかのみこ》の妻《つま》を自《みずか》らの皇后《こうごう》とし、息《むす》子《こ》の目弱王《まよわのみこ》を引《ひ》き取《と》り、養《やしな》いました。

あるとき、母《はは》と育《そだ》ての父《ちち》である安康天皇《あんこうてんのう》の話《はなし》を立《た》ち聞《ぎ》きしたマヨワは、養父《ようふ》である天皇《てんのう》が自分《じぶん》の実父《じっぷ》を殺《ころ》した仇《かたき》であることを知《し》ります。事実《じじつ》を知《し》ったマヨワはわずか7歳《さい》にして武勇《ぶゆう》を発揮《はっき》し、天皇《てんのう》を**仇討《あだう》ち**！ そして、権力者《けんりょくしゃ》の都夫良意富美《つぶらおおみ》のもとに逃《に》げ込《こ》みました。

この事件《じけん》を受《う》けて、安康天皇《あんこうてんのう》の弟《おとうと》の大長谷若建命《おおはつせのわかたけのみこと》は、兄《あに》である黒日子王《くろひこのみこ》と白日子王《しろひこのみこ》のも

登場《とうじょう》する人々《ひとびと》
- 安康天皇《あんこうてんのう》（アナホ）
- 目弱王《まよわのみこ》
- 都夫良意富美《つぶらおおみ》
- 大長谷若建命《おおはつせのわかたけのみこと》
- 市辺之忍歯王《いちのべのおしはのみこ》

仇討《あだう》ち…仕返《しかえ》しをすること。主君《しゅくん》や家族《かぞく》を殺《ころ》した者《もの》を討《う》ち取《と》って恨《うら》みを晴《は》らすこと。

とに行《い》きました。

「安康天皇《あんこうてんのう》の無念《むねん》を晴《は》らさねば。打倒《だとう》マヨワのために、ともに決起《けっき》しましょう」

けれども、ふたりの兄《あに》は無関心《むかんしん》。「勝手《かって》にやってよ」という態度《たいど》にムカついたオオハッセは、カッとした勢《いきお》いでクロヒコを切《き》り殺《ころ》し、シロヒコを生《い》き埋《う》めにしてしまいました。

オオハッセの止《と》まらない残虐性《ざんぎゃくせい》！

オオハッセは大軍《たいぐん》を率《ひき》いて、マヨワをかくまっているツブラオオミの館《やかた》に乗《の》り込《こ》み、周囲《しゅうい》を兵《へい》で固《かた》めました。ツブラオオミはその威嚇《いかく》におびえることなく、

マヨワを守《まも》るために戦《たたか》いました。しかし、オオハツセの軍《ぐん》はとても強《つよ》く、じりじりと追《お》い込《こ》まれていきます。

「これ以上《いじょう》戦《たたか》っても勝《か》ち目《め》はない」

ツブラオオミはこう悟《さと》ります。

「マヨワさまを敵《てき》に殺《ころ》されるくらいなら、わたしが……！」

そう言《い》って自《みずか》らの手《て》でマヨワを刺《さ》し殺《ころ》した後《あと》、自害《じがい》してしまったのです。

そこで終《お》わらないのが、オオハツセ。皇位継承《こういけいしょう》のライバルとして残《のこ》っていた従兄《いとこ》に、市辺之忍歯《いちのべのおしはの》王《みこ》がいました。

ある日《ひ》、オオハツセがオシハと一緒《いっしょ》に近江《おうみ》で狩《か》りをしていたときのこと。オシハのえらそうな態《たい》度《ど》に腹《はら》を立《た》てたオオハツセは、その場《ば》でオシハを矢《や》で射《う》ち殺《ころ》してしまいます。おまけに、遺体《いたい》を切《き》

り刻《きざ》んで、陵墓《りょうぼ》も造《つく》らず、地面《じめん》に埋《う》めてしまいました。こうしてライバルをすべて排除《はいじょ》したオオハツセは、ご機嫌《きげん》で21代《だい》の雄略天皇《ゆうりゃくてんのう》となったのです。

雄略天《ゆうりゃくてん》皇の その後《ご》

雄略天皇《ゆうりゃくてんのう》として即位《そくい》した後《あと》、彼《かれ》は人《ひと》を許《ゆる》すことを覚《おぼ》え、多《おお》くの女性《じょせい》を愛《あい》するようになりました。たくさんの歌《うた》を詠《よ》み、『万葉集《まんようしゅう》』の巻頭歌《かんとうか》も雄略《ゆうりゃく》天皇《てんのう》の歌《うた》だと伝《つた》えられています。

ちなみに、オシハにはこの惨劇《さんげき》から逃《に》げ延《の》びたふたりの息子《むすこ》がいました。彼《かれ》らは身《み》を隠《かく》して命《いのち》をつなぎ、後《のち》の歴史《れきし》を作《つく》っていくことになるのですが、それはまた**別《べつ》のお話《はなし》**です。

おしまい

別《べつ》のお話《はなし》…オシハの遺児《いじ》であると身分《みぶん》を明《あ》かした兄弟《きょうだい》（兄《あに》・意祁命《おけのみこ》と弟《おとうと》・袁祁命《をけのみこ》）が、後《のち》に途切《とぎ》れかけた天皇《てんのう》の血脈《けつみゃく》を継《つ》いでいく。

『古事記《こじき》』ができるまで

「正《ただ》しい」史実《しじつ》を伝《つた》えるため 天武天皇《てんむてんのう》が始《はじ》めた歴史書《れきししょ》作《づく》り

『古事記《こじき》』が作《つく》られたいきさつは、古事記《こじき》の序文《じょぶん》に詳《くわ》しく書《か》かれています。序文《じょぶん》には、40代《だい》の天武天《てんむてん》皇《のう》の言葉《ことば》として、次《つぎ》のような内容《ないよう》が語《かた》られています。「天皇家《てんのうけ》の系譜《けいふ》を記《しる》した『帝紀《ていき》』と、朝廷《ちょうてい》の言《い》い伝《つた》えを記《しる》した『旧辞《きゅうじ》』は、間違《まちが》いだらけだ。史実《しじつ》と異《こと》なることは今《いま》のうちに訂正《ていせい》しておかないと、真実《しんじつ》が失《うしな》われてしまう。そこで、天皇《てんのう》の系譜《けいふ》や歴史《れきし》、神々《かみがみ》の物語《ものがたり》を正《ただ》しく記《しる》し直《なお》して、後世《こうせい》に伝《つた》えたいと思《おも》う」

天武天皇《てんむてんのう》は、『帝紀《ていき》』と『旧辞《きゅうじ》』から「正《ただ》しい」と考《かんが》える天皇《てんのう》の系譜《けいふ》と国《くに》の歴史《れきし》を選《えら》び直《なお》し、それを側近《そっきん》の稗田阿礼《ひえだのあれ》に語《かた》らせました。稗田阿礼《ひえだのあれ》は、ずば抜《ぬ》けた記憶力《きおくりょく》を持《も》つ人物《じんぶつ》として、当時《とうじ》の朝廷《ちょうてい》で一目《いちもく》置《お》かれていたと言《い》われています。

こうして、七世紀《ななせいき》の後半《こうはん》に『古事記《こじき》』の編纂《へんさん》が始《はじ》まりました。

古事記《こじき》編纂《へんさん》のバトンを受《う》けついだ元明天皇《げんめいてんのう》

天武天皇《てんむてんのう》が686年《ねん》に崩御《ほうぎょ》してしまい、編纂《へんさん》の作業《さぎょう》が一時中断《いちじちゅうだん》します。

それから数十年《すうじゅうねん》が過《す》ぎて、朝廷《ちょうてい》が平城京《へいじょうきょう》に移《うつ》った翌年《よくとし》の711年《ねん》9月《がつ》18日《にち》。43代《だい》の元明天皇《げんめいてんのう》が、『古事記《こじき》』の編纂《へんさん》を再開《さいかい》させます。元明《げんめい》天皇《てんのう》は学者《がくしゃ》の太安万侶《おおのやすまろ》に命《めい》じて、稗田阿礼《ひえだのあれ》が語《かた》る内容《ないよう》を聞《き》き取《と》って、それを書《か》き留《と》めさせました。太安万侶《おおのやすまろ》は、漢字《かんじ》の音《おん》と訓《くん》を使《つか》い分《わ》けて日本語《にほんご》（和文《わぶん》）で文章《ぶんしょう》を書《か》き記《しる》しました。つまり、音読《おんよ》みと訓読《くんよ》みをすれば、日本語《にほんご》になる文章《ぶんしょう》にしたのです。

そうして、712年《ねん》1月《がつ》28日《にち》に『古事記《こじき》』が完成《かんせい》し、天皇《てんのう》へ献上《けんじょう》されたのです。

神々《かみがみ》と天皇家《てんのうけ》との繋《つな》がりを強調《きょうちょう》するのが目的《もくてき》

どうして歴史書《れきししょ》が必要《ひつよう》になったかというと、国《くに》が不安《ふあん》定《てい》だったから。

６７１年《ねん》に38代《だい》の天智天皇《てんじてんのう》が崩御《ほうぎょ》すると、天智天皇《てんじてんのう》の子《こ》・大友皇子《おおとものおうじ》と、天智天皇《てんじてんのう》の弟《おとうと》・大海人皇子《おおあまのおうじ》のあいだで権力争《けんりょくあらそ》いが起《お》きました。６７２年《ねん》６月《がつ》24日《か》から７月《がつ》23日《にち》にかけての内乱《ないらん》「壬申《じんしん》の乱《らん》」です。天智天皇《てんじてんのう》の崩御後《ほうぎょご》、朝廷《ちょうてい》の実権《じっけん》を握《にぎ》った大友皇子《おおとものおうじ》は、叔父《おじ》である大海人皇子《おおあまのおうじ》を排除《はいじょ》しようと行動《こうどう》を起《お》こします。危険《きけん》を察知《さっち》した大海《おおあ》人皇子《まのおうじ》は、息子《むすこ》たちと共《とも》に大勢《おおぜい》の軍《ぐん》を率《ひき》いて近江《おうみ》（滋賀《しが》県《けん》）へ向《む》かいました。そして、ついに琵琶湖畔《びわこはん》の瀬田橋《せたばし》で決戦《けっせん》が行《おこな》われ、大海人皇子側《おおあまのおうじがわ》が大友皇子《おおとものおうじ》たち朝廷軍《ちょうていぐん》を撃破《げきは》したのです。

この内乱《ないらん》で勝利《しょうり》した大海人皇子《おおあまのおうじ》が、即位《そくい》して天武天皇《てんむてんのう》

となったのです。

天武時代《てんむじだい》が始《はじ》まったものの、大友皇子側《おおとものおうじがわ》に付《つ》いていた反対勢力《はんたいせいりょく》をすべて排除《はいじょ》できたわけではありません。それに、いやおうなく内乱《ないらん》に巻《ま》き込《こ》まれた民衆《みんしゅう》たちの中《なか》にも、天皇家《てんのうけ》に対《たい》して「なんで戦争《せんそう》なんてするんだ」「平和《へいわ》な世《よ》の中《なか》を乱《みだ》さないで」という不満《ふまん》や、「また戦争《せんそう》が起《お》きたらどうしよう」という不安《ふあん》がくすぶっていました。

天武天皇《てんむてんのう》としては、いち早《はや》く人々《ひとびと》の信頼回復《しんらいかいふく》をして、世《よ》の中《なか》をしずめなければならなかったのです。そこで、『古事記《こじき》』を作《つく》り、神々《かみがみ》と天皇家《てんのうけ》の歴史《れきし》を記《しる》しました。

「天皇《てんのう》はアマテラスの血《ち》を引《ひ》く子孫《しそん》なのだよ。だから、この国《くに》の頂点《ちょうてん》に立《た》って統治《とうち》するのは、当《あ》たり前《まえ》のことなのだ。みんな尊敬《そんけい》して、言《い》うことを聞《き》きなさい」

というメッセージを込《こ》めて、『古事記《こじき》』は作《つく》られたのです。

「記紀《きき》」って何《なん》なの？

『古事記《こじき》』は私的《してき》な歴史書《れきししょ》
『日本書紀《にほんしょき》』は公的《こうてき》な歴史書《れきししょ》

『古事記《こじき》』と同《おな》じ時代《じだい》に書《か》かれた歴史書《れきししょ》に、720年成立《ねんせいりつ》の『日本書紀《にほんしょき》』があります。この2つを合《あ》わせて、「記紀《きき》」といいます。

両方《りょうほう》とも、天武天皇《てんむてんのう》が作《つく》らせたものです。また、日本《にほん》の誕生《たんじょう》から始《はじ》まり、八百万《やおよろず》の神々《かみがみ》が活躍《かつやく》するところや、神々《かみがみ》の子孫《しそん》として天皇《てんのう》が登場《とうじょう》するところが共通《きょうつう》しています。

ただし、『古事記《こじき》』は神話《しんわ》が全体《ぜんたい》の3分《ぶん》の1を占《し》めるのに対《たい》して、『日本書紀《にほんしょき》』の神話《しんわ》は全体《ぜんたい》の8分《ぶん》の1くらいです。どうしてこれだけの差《さ》が生《う》まれたかというと、それぞれが作《つく》られた目的《もくてき》が違《ちが》うからです。

まず、『古事記《こじき》』は前《まえ》にも説明《せつめい》したように、国内《こくない》における天皇家《てんのうけ》の地位《ちい》を高《たか》くして、権威《けんい》を揺《ゆ》るぎないものにするために作《つく》られました。制作《せいさく》したのは、天武天皇《てんむてんのう》のプライベートな世話係《せわがかり》だった稗田阿礼《ひえだのあれ》と、学者《がくしゃ》の太安万侶《おおのやすまろ》のふたりだけ。

古事記《こじき》は、稗田阿礼《ひえだのあれ》と太安万侶《おおのやすまろ》という少人数《しょうにんずう》で作《つく》られた。

一方《いっぽう》、『日本書紀《にほんしょき》』は、国外《こくがい》に向《む》けて、「日本《にほん》は立派《りっぱ》な国《くに》である」とアピールするために作《つく》られました。この時代《じだい》の外国《がいこく》というのは、おもに中国《ちゅうごく》です。そのため、『日本書紀《にほんしょき》』は全編《ぜんぺん》にわたって漢文《かんぶん》で書《か》かれています。制作《せいさく》は、宮中《きゅうちゅう》の役人《やくにん》や学者《がくしゃ》などの知識人《ちしきじん》が大勢《おおぜい》集《あつ》まって、40年《ねん》かけて作《つく》りました。

外国《がいこく》の資料《しりょう》も参考《さんこう》にしていると言《い》われる『日本書紀《にほんしょき》』

『古事記《こじき》』は、天皇家《てんのうけ》の系譜《けいふ》を記《しる》した『帝紀《ていき》』や朝廷《ちょうてい》の言《い》い伝《つた》えを記《しる》した『旧辞《きゅうじ》』を基本資料《きほんしりょう》とし、その中《なか》から天武天皇《てんむてんのう》が「正《ただ》しい」と考《かんが》える内容《ないよう》を選《えら》び直《なお》したものだと考《かんが》えられています。それに対《たい》して、『日本書紀《にほんしょき》』は『古事記《こじき》』の参考資料《さんこうしりょう》の30冊《さつ》のほかに、朝廷《ちょうてい》の記録《きろく》、さまざまな一族《いちぞく》の伝承《でんしょう》や個人《こじん》の手記《しゅき》、近隣《きんりん》の外国《がいこく》である中国《ちゅうごく》や朝鮮《ちょうせん》の歴史書《れきししょ》なども参考資料《さんこうしりょう》にしていたと言《い》われています。

このことから『日本書紀《にほんしょき》』の編纂《へんさん》には、渡来人《とらいじん》と呼《よ》ばれる中国《ちゅうごく》や朝鮮《ちょうせん》から日本《にほん》にやってきた人々《ひとびと》も関《かか》わっていたのではないかと考《かんが》えられています。

『日本書紀《にほんしょき》』以後《いご》、『続日本紀《しょくにほんぎ》』『日本後紀《にほんこうき》』『続日本後紀《しょくにほんこうき》』『日本文徳天皇実録《にほんもんとくてんのうじつろく》』『日本三代実録《にほんさんだいじつろく》』の「六国史《りっこくし》」と呼《よ》ばれる国家《こっか》が認《みと》めた歴史書《れきししょ》が編纂《へんさん》されていきました。

大勢《おおぜい》が集《あつ》まって40年《ねん》かけて作《つく》った日本書紀《にほんしょき》。

古事記《こじき》		日本書紀《にほんしょき》
712年《ねん》	成立《せいりつ》	720年《ねん》
日本語化《にほんごか》された漢文《かんぶん》	書体《しょたい》	正統《せいとう》な漢文《かんぶん》
全《ぜん》3巻《かん》　上巻《かみつまき》(神話《しんわ》) 中巻《なかつまき》(初代《しょだい》～15代天皇《だいてんのう》の物語《ものがたり》) 下巻《しもつまき》(16代《だい》～33代天皇《だいてんのう》の物語《ものがたり》)	構成《こうせい》	全《ぜん》30巻《かん》＋系図《けいず》1巻《かん》 1～2巻《かん》(神話《しんわ》) 3～30巻《かん》(初代《しょだい》～41代天皇《だいてんのう》の物語《ものがたり》)
稗田阿礼《ひえだのあれ》、太安万侶《おおのやすまろ》	編者《へんしゃ》	舎人親王《とねりしんのう》ら6人《にん》の皇族《こうぞく》と6人《にん》の官人《かんにん》を中心《ちゅうしん》に、多《おお》くの人々《ひとびと》が関与《かんよ》
天皇《てんのう》と神々《かみがみ》の血縁《けつえん》をアピールし、国内《こくない》における天皇《てんのう》の権威《けんい》付けをした。	目的《もくてき》	外国《がいこく》に向《む》けて、日本《にほん》という国《くに》の正当性《せいとうせい》をアピールし、ヤマト政権《せいけん》の強化《きょうか》を図《はか》った。

おわりに

この本《ほん》では、『古事記《こじき》』の代表的《だいひょうてき》なお話《はなし》を、
今《いま》の時代《じだい》の人《ひと》にもわかりやすいように紹介《しょうかい》しました。
みなさんは、どう感《かん》じましたか？

「神《かみ》さまって思《おも》っていたよりもかなり自由《じゆう》だったんだな」
「天皇《てんのう》さまでも、こんな一面《いちめん》を持《も》っていたんだ」
こんな風《ふう》に、それまで抱《いだ》いていたイメージが変《か》わった人《ひと》もいるかもしれません。

日本《にほん》の成《な》り立《た》ちや天皇《てんのう》たちのルーツを知《し》ることで、
日本《にほん》の歴史《れきし》や身近《みぢか》にある神社《じんじゃ》で祭《まつ》られている神《かみ》さまに、
少《すこ》し興味《きょうみ》がわいたのではないでしょうか。

もし、お気《き》に入《い》りのキャラクターができたなら、
そのキャラクターにゆかりのある場所《ばしょ》を訪《おとず》れてもいいでしょう。

成《な》り立《た》ちや由来《ゆらい》を知《し》っていると、
吸収《きゅうしゅう》する知識《ちしき》の幅《はば》や、理解《りかい》の深《ふか》さがグンと増《ま》します。

「この神社《じんじゃ》、あの本《ほん》に登場《とうじょう》した神《かみ》さまに縁《えん》があるんだ！」
そう気《き》づくだけでも、その神《かみ》さまはみなさんの頭《あたま》に、
新《あら》たな知識《ちしき》として深《ふか》く刻《きざ》まれるのです。

ぜひこの本《ほん》をきっかけに、日本《にほん》の歴史《れきし》や神社《じんじゃ》を、
今《いま》までとはちがう視点《してん》で楽《たの》しんでみてください。

監修プロフィール

松本直樹（まつもと・なおき）

早稲田大学
理事
教育・総合科学学術院教授
博士（文学）

【略歴】

1963 年生 東京都品川区出身
早稲田大学第一文学部卒業
早稲田大学大学院文学研究科博士後期課程単位取得退学。博士（文学）
早稲田大学助手、非常勤講師、専任講師、准教授などを経て、現職。

【主な著書】

『古事記神話論』（2003 年、新典社）
『出雲国風土記注釈』（2007 年、新典社）

参考文献

『愛と涙と勇気の神様ものがたり　まんが古事記』講談社
『ぽおるぺん古事記一　天の巻』平凡社
『ぽおるぺん古事記二　地の巻』平凡社
『ぽおるぺん古事記三　海の巻』平凡社
『21 世紀版　少年少女古典文学館 1　古事記』講談社
『図説　地図とあらすじで読む古事記と日本書紀』青春出版社
『大判ビジュアル図解　大迫力！写真と絵でわかる古事記・日本書紀』西東社

神《かみ》さまさくいん

▼あ

アシハラノシコオ（葦原色許男《あしはらのしこお》）……71
アナホ（穴穂命《あなほのみこと》）……141
アマツヒコ（天津日子根命《あまつひこねのみこと》）……47
アマテラス（天照大御神《あまてらすおおみかみ》）……36、38、40、44、48、52、78、82、86、90、92、126、131
アマノオハバリ（天之尾羽張神《あまのおはばりのかみ》）……29、86
アメノウズメ（天宇受売命《あめのうずめのみこと》）……54、94
アメノオシホミミ（天忍穂耳命《あめのおしほみみのみこと》）……47、78、86、92
アメノホヒ（天之菩卑能命《あめのほひのみこと》）……47、80
アメノミナカヌシ（天之御中主神《あめのみなかぬしのみこと》）……18
アメノワカヒコ（天若日子《あめのわかひこ》）……80、82、86
安康天皇《あんこうてんのう》……144
イクツヒコ（活津日子根命《いくつひこねのみこと》）……47
イザナキ（伊邪那岐命《いざなきのみこと》）……19、22、26、30、34、40、74
イザナミ（伊邪那美命《いざなみのみこと》）……19、22、26、30、74
市寸島比売命《いちきしまひめのみこと》……46
イワナガヒメ（石長比売《いわながひめ》）……97
イワノヒメ（石之日売命《いわのひめのみこと》）……138
允恭天皇《いんぎょうてんのう》……140
宇都志国玉神《うつしくにたまのかみ》……62
ウミサチビコ（海幸彦《うみさちびこ》）……102、104
表筒男命《うわつつのおのみこと》……131
応神天皇《おうじんてんのう》……131、132
オウス（小碓命《おうすのみこと》）……110、114
オオアナムヂ（大穴牟遅神《おおあなむちのかみ》）……62、66、70
オオウス（大碓命《おおうすのみこと》）……110
大日下王《おおくさかのみこ》……144
オオクニヌシ（大国主神《おおくにぬしのかみ》）……74、78、86、90
大事忍男神《おおことおしおのかみ》……27
オオサザキ（大雀命《おおさざきのみこと》）……132
オオハツセ（大長谷若建命《おおはつせのわかたけのみこと》）……144
オオモノヌシ（大物主神《おおものぬしのかみ》）……76
オオヤビコ（大屋毘古神《おおやびこのかみ》）……70

オオヤマツミ（大山津見神《おおやまつみのかみ》）……58、96
オオヤマモリ（大山守命《おおやまもりのみこと》）……132
息長帯比売命《おきながたらしひめのみこと》／神功皇后《じんぐうこうごう》……128
意祁命《おけのみこと》（仁賢天皇《にんけんてんのう》）……147
オシハ（市辺之忍歯王《いちのべのおしはのみこ》）……146
オトタチバナヒメ（弟橘比売《おとたちばなひめ》）……123
オモイカネ（思金神《おもいかねのかみ》）……53、79、83、86

▼か

カグツチ（迦具土神《かぐつちのかみ》）……27
神阿多都比売《かむあたつひめ》……103
カミムスヒ（神産巣日神《かみむすひのかみ》）……18、68
カルノイラツメ（軽大郎女《かるのおおいらつめ》）……140
カルノミコ（木梨之軽皇子《きなしのかるのみこ》）……140
クシナダヒメ（櫛名田比売《くしなだひめ》）……58、60
クマソタケル（熊曾建《くまそたける》）……113、114
熊野久須毘命《くまぬくすびのみこと》……47
クロヒコ（黒日子王《くろひこのみこ》）……144
クロヒメ（黒日売《くろひめ》）……138
景行天皇《けいこうてんのう》……110、117、118
コノハナサクヤビメ（木花佐久夜毘売《このはなさくやびめ》）……96、100、104

▼さ

サグメ（天佐具売《あまのさぐめ》）……84
サルタビコ（猿田毘古神《さるたびこのかみ》）……94
塩椎神《しおつちのかみ》……106
シタテルヒメ（下照比売《したてるひめ》）……80
シロヒコ（白日子王《しろひこのみこ》）……144
神武天皇《じんむてんのう》……102
スクナビコナ（少名毘古那神《すくなびこなのかみ》）……75
スサノオ（須佐之男命《すさのおのみこと》）……37、40、44、48、56、60、70、74、79、94、126
スセリビメ（須勢理毘売《すせりびめ》）……71、75
成務天皇《せいむてんのう》……128
底筒男命《そこつつのおのみこと》……131

▼た
タカミムスヒ（高御産巣日神《たかみむすひのかみ》）……18、53、85
多岐都比売命《たぎつひめのみこと》……46
多紀理毘売命《たきりひめのみこと》……46、80
タケミカヅチ（建御雷之男神《たけみかづちのおのかみ》）……29、86
タケミナカタ（建御名方神《たけみなかたのかみ》）……86
仲哀天皇《ちゅうあいてんのう》……128
ツクヨミ（月読命《つくよみのみこと》）……37、40
ツブノオオミ（都夫良意富美《つぶらおおみ》）……144
トヨタマビメ（豊玉毘売《とよたまびめ》）……106、108
▼な
中筒男命《なかつつのおのみこと》……131
泣沢女神《なきさわめのかみ》……28
ニニギ（邇邇芸命《ににぎのみこと》）……92、96、100
仁徳天皇《にんとくてんのう》……135、136
▼は
ホオリ（火遠理命《ほおりのみこと》）……102、104
ホスセリ（火須勢理命《ほすせりのみこと》）……102
ホデリ（火照命《ほでりのみこと》）……102、104
▼ま
マヨワ（目弱王《まよわのみこ》）……144
ミヤズヒメ（美夜受比売《みやずひめ》）……122、126
▼や
ヤカミヒメ（八上比売《やかみひめ》）……62、66、74
八田若郎女《やたのわきいらつめ》……136
八千矛神《やちほこのかみ》……62
ヤマサチビコ（山幸彦《やまさちびこ》）……104、108
ヤマトタケル（倭建命《やまとたけるのみこと》）……38、77、117、118、122、126、128
ヤマトヒメ（倭比売命《やまとひめのみこと》）……38、114、118
雄略天皇《ゆうりゃくてんのう》……147
▼わ
ワキイラツコ（宇遅能和紀郎子《うじのわきいらつこ》）……132
ワタツミ（綿津見神《わたつみのかみ》）……106
袁祁命《をけのみこ》（顕宗天皇《けんぞうてんのう》）……147

ゆるゆる古事記

2019年4月20日　第1刷発行

定価（本体1,200円＋税）

監　　修　松本直樹
　絵　　　ヘロシナキャメラ

デザイン　佐々木志帆（ナイスク）
文　　章　松本理恵子
編　　集　松尾里央、高作真紀、藤原祐葉（ナイスク）

発行人　塩見正孝
編集人　神浦高志

販売営業　小川仙丈、中村崇、神浦絢子、竹村司、井上彩乃
印刷・製本　図書印刷株式会社

発　　行　株式会社三才ブックス
〒101-0041　東京都千代田区神田須田町2-6-5 OS'85ビル3F
TEL：03-3255-7995　FAX：03-5298-3520
http://www.sansaibooks.co.jp/